SPIEL DER GEISTER

Zum Autor

VIKTOR KAMERER, geboren 1976, absolvierte kaufmännische Schulen bis zum Mittleren Management und arbeitete in einem Großhandel, bis er sich dem Schreiben widmete. Seit 2017 veröffentlicht er Gesellschafts- und Mysteryromane, alles beim Twentysix Verlag.

Zum Buch

Emily, ihr Sohn und Max sitzen im Eiscafé. Zu dieser Stunde stirbt Opa. Sie helfen einer jungen Frau, doch werden sie Opa von den Geistern befreien? Max besitzt schon die Gabe. Und seine Schwester ist drauf und dran. Oma erkennt die Zeichen nicht. Ihr zweites Kind, Harry, begreift jetzt ebenso, dass es die parallele Welt gibt. Wird die Familie den Tod des Opas überstehen? Und hängen die Leben von Max und Oma am seidenen Faden?

VIKTOR KAMERER
SPIEL DER GEISTER

ROMAN

Bibliografische Information der Deutschen Nationalbibliothek: Die Deutsche Nationalbibliothek verzeichnet diese Publikation in der Deutschen Nationalbibliografie, detaillierte bibliografische Daten sind im Internet über dnb.dnb.de abrufbar.

TWENTYSIX
Eine Marke der Books on Demand GmbH
Kollektion 2023
© 2023 Viktor Kamerer

Herstellung und Verlag:
BoD – Books on Demand, Norderstedt

ISBN: 9783740714468

In Gedenken an Papa

Kapitel 1

Ich stelle mich hier vor. Maximilian Knappe. Habe eine Schwester. Sie heißt Emily. Unser Treffen findet in einem Eiscafé statt. Und wir nutzen die Stunde, einmal auszuruhen. Denn Vater Klaus Peter ist sterbenskrank. Ich habe keine Ahnung, wie lange es andauert. Aber wir brauchen jetzt unbedingt eine kleine Pause. Deshalb ist Mutter Tina bei ihm geblieben. Hat sich an seine Seite gesetzt, und hat mit ihm gebetet. Etwas, das sie erst einige Tagen praktizieren. Und ich bin dafür. Das Gebet ist heilig. Und Vater ebenso. Er ist groß im Geiste und in der Liebe. Doch der Krebs schlägt jetzt heftig zu.

Ich frage mich, wie es weitergehen wird ohne ihn. Dass es das Ende sein wird, ahne ich. Vor einigen Monaten löcherte Vater einen Arzt. Ob er denn eine Chance für ihn sehe? Er könne ehrlich sein. Aber dazu war der Mediziner nicht fähig. Brachte es nicht übers Herz.

Emily hat ihren Sohn dabei. Dylan. Fünf

Jahre alt. Aufgeschlossen und in Opa verschossen. Wie der in ihn. Der Junge bestellt sich zwei Kugeln Eis. Meine Schwester gönnt sich mit mir jeweils ein Glas. Ich wähle ein Haselnuss-Eis. Emily traut sich eines mit Beeren zu.

Ich sehe das Schild des Betreibers: Vincenzo steht darauf. Das ist der Sohn des Eigentümers. Nach ihm hat er sein Eiscafé benannt.

Das Jahr hat nicht viele Wochen hinter sich. Und doch herrscht hier reger Andrang. Ich erkenne einen jungen Mann, Mitte zwanzig. Er ist dieser genannte Sohn, bemerke ich, da ihn meine Gedanken ansprechen. Er hingegen bemerkt, was von mir kommt, und ich fange im Gefühl seinen Namen auf. Spüre, dass er Vincenzo heißt. Und ich versuche, mehr zu erfahren über ihn. Emily sieht zu mir. Sie kennt mich, und sie ist sich gewahr, was ich da vollführe. Ich spreche im Geiste zu diesem Italiener, und er antwortet im Gegenzug.

Meine Schwester zeigt mit ihren Augen auf diesen Vincenzo. »Das ist ein echt krasser

Typ. So ein Macho, so ein Held. Siehst du es?«

Ich bin nicht erstaunt, Emily hat Menschenkenntnis. Ihr Mann Matthias hat sogar mehr davon intus. Und er ist sich bewusst um seine Schlauheit. Er macht sich immer einen Spaß aus mir, denn ich bin schon seltsam. Da hat er Recht dazu mich zu ärgern. Man versteht Scherze. Manchmal habe ich einen frechen Spruch zur Antwort parat. Und das freut meinen Schwager. Ihm sind große Menschen geheuer. Er sieht aber ihre Mängel. Und er findet diese ebenso bei mir. Regelmäßig und spontan.

Früher war ich klein und unbedeutend. Und Matthias stand zu mir. Er fand mich damals immer dufte, obgleich ich in Behandlung war. »Die sogenannten Normalen, das sind die Verrückten, Max«, sagt er gelegentlich und schmunzelt mit mir. Und dann begreife ich, wie er es ansieht. Sehe die Patienten und die Gesunden. Und es gelingt mir, meine Krankheit leichter zu nehmen.

Das Eis macht sich auf den Weg an unseren kleinen, runden Tisch. Dylan wird zuerst versorgt, mit seinen zwei Kugeln. Einmal Pistazien und dann eine Schoko. Die Nuss ist grünlich und das ist des Neffen Lieblingsfarbe. Das ist sie schon immer. Er nimmt sich seinen Löffel, der einen langen Stiel hat. Er führt ihn an seinen Mund. »Hm. Das schmeckt lecker. Das grüne ist echt lecker.«

Meine Schwester schmunzelt über ihren Sohn. »Das ist lecker?« »Ja, Mama. Echt schön.«

Emily: »Hör mal Dylan. Du wolltest doch noch was sagen«. Der Junge überlegt kurz, alsbald kommt sein Vorschlag: »Ich lade dich ein, Max. Und ein anderes Mal lade ich Oma Tina ein in die Eisdiele«.

»Ja«, sagt dann Emily. »Die Oma ist echt fleißig. Sie passt gut auf Opa Klaus Peter auf. Und das nächste Mal passt Onkel Max auf Opa auf. Wollen wir das so machen?« Ich nicke und bin einverstanden. Dylan entweicht ein »ja«.

Der Fünfjährige sieht Vincenzo dasitzen, und sein Gesicht zieht sich zusammen. Ich verstehe, was Dylan von dem Italiener hält. Der kleingewachsene Südländer strahlt eine Macht aus. Und er wartet auf eine Frau. Hat sie zu einem Eis eingeladen. »Doch wo bleibt sie?«, fragt mein Neffe in die Runde. Vincenzo runzelt die Stirn. Versteht er nicht, dass Kinder direkt sind? Emilys Sohn ist erst fünf und er hat sein Herz auf der Zunge. Dann sagt Dylan: »Er mag mich nicht. Ist mir auch egal. Soll er doch. Das Theater mache ich nicht mit«.

Emily und ich lachen. Der Italiener wägt sich vor den Kopf gestoßen. Und das von einem Kleinkind. Welches Verständnis hat er? Hat Kinder nicht lieb. Dazu kommt, dass Dylan ein echter, dufter Kerl ist.

Unvermittelt erscheint eine blonde junge Dame. Ich versuche, im Geiste ihren Namen zu erfragen. Was misslingt. Sie erkennt es nicht. Sie setzt sich. Der Italiener spricht sie an: »Charlotte. Hi. Komm, setze dich«. Sie nimmt Platz und fragt nach seinem Zustand. Alles sei paletti, meint er. Ich spüre einen klaren Ausdruck in ihm, der besagt, dass er unbedingt mit ihr zu schlafen bereit ist. Emily lächelt. Sie erkennt ebenso, was da in ihm schlummert. Doch die junge Frau sieht dies nicht. Ja, sie hat das Gefühl für den Körper. Aber die Gedanken sind ihr starr im Kopf. Sie ist nicht fähig, im Gespür zu erkennen. Das alles bemerke ich.

Emily flüstert mir zu: »Eine schöne Frau. Nur eben dumm wie ein Sack Zwiebeln«.

»Sie benutzt ihren Geist nicht«, flüstern meine Lippen zurück. Es möge ihr aufgehen. Denn sie meint mit Sicherheit, Vincenzo habe noble Ziele. Ich versuche, es sie unbedingt wissen zu lassen.

Emily sieht mein Vorhaben und nickt mir zu. Ich sage zu ihr, die Italiener haben immer die besten Absichten. Dabei spüre ich genau das Gegenteil. Und sehe, wie Charlotte zu mir herübersieht. Ich hoffe, sie stimmt zu.

Ja, sie hat sie mein Gefühl für Vincenzo vor ihren Augen. Welches ihn zum Macho darstellt. Die blonde Dame sieht dem ihm in die Pupillen. Und da versteht sie es jetzt. Denn der Italiener strahlt immer wieder diesen einen Gedanken aus.

Charlotte erhebt sich. »Ich muss gehen. Gleich regnet es und mein Haar wird nass«. Sie meint mit dem Regen den Argwohn, den sie gegen den Südländer hat. Und das feuchte auf ihrem Kopf, stellt sie selbst da, wie sie durch ihn beschmutzt wird. Vincenzo hat es sofort begriffen. Im Gefühl versteht er, dass Charlotte endlich sein Herz begreift. Denn in Worten hat er sich stets einwandfrei gegeben. Nur deshalb war sie darauf angesprungen. Jetzt aber ist ihr klar, der Italiener scheitert ihm Versuch, sie ins Bett zu bringen. Sie verlässt das Eiscafé und blinzelt mir dabei kurz zu. Ja, Gott sei Dank. Ich habe eine Frau vor den Fängen eines Lüstlings bewahrt. Und sie dankt mir für die Erlangung von geistigen Gefühlen. Ihren Körper hat sie eingesetzt. Jetzt kommt der Geist hinzu, welcher im Verstand verweilt. Ich freue mich über beide Ohren. Emily runzelt die Stirn. Sie hat etwas von Vincenzo eingefangen.

»Spürst du es, Max?«, fragt sie. Schon höre ich Vincenzos Gedanke in mir: »Ich wollte sie ficken. Und du hast es verdorben. Du

Vollidiot. Hast nichts Besseres zu tun, als den Leuten alles zu verderben«.

Von dem Italiener strahlt eine grobe Gewalt aus. Ich hoffe, er erhebt sich jetzt nicht um mir eine zu verpassen. Eine gehörige Tracht Prügel auszuführen. Schuld hat er allein. Man rechnet damit, dass Charlotte gewarnt wird. Sie ist zu jung, um es zu begreifen. Sie war es. Und wird es nie wieder sein. Ich bin locker, denn Emily lächelt mir versöhnlich zu. Sie beruhigt mich ungemein. Und dem Italiener liegt es fern, mehr auszurichten. Bin sicher genug, dass ich nichts Weiteres zu befürchten habe. Dylans Mutter sieht das an mir und ebenso, dass Vincenzo argwöhnisch ist. Er begreift dennoch sofort: Bei Emily ist er nicht fähig, grober zu werden. Sie ist eine große Frau, wie ihr Mann und ihr Sohn das sind. Apropos Dylan. Er lacht herzlich über den Südländer. Der Fünfjährige versteht, dass Charlotte gekommen und gleich wieder gegangen ist. Dazu sagt er nur: »Sie will nicht mit ihm spielen, Mama«. Emily antwortet, genau so sehe es hier aus. Dylan habe alles verstanden. So lobt sie ihn. So gibt sie ihm immer mehr Selbstbewusstsein für sein Leben. Was er zu gebrauchen vermag. Hat er doch schon jetzt einen herrlichen und hartnäckigen Kopf. Wenn er unbedingt das eine oder andere nicht für sich entdeckt, dann lässt er nicht nach. Und ich werde der Letzte sein, ihm etwas vorzuschreiben. Er braucht nicht zu handeln, wie ich es sage. Aber schon, was Emil parat hat. Sie möge ihn erziehen. Einen großen und vernünftigen jungen Mann aus ihm herausholen. Ich bin dafür und der entstandene Charakter von Dylan zeigt, dass sie bisher alles vortrefflich macht.

Der Italiener ruft seinen Vater herbei. Er müsse jetzt diesen Ort verlassen. Die Stimmung sei grottenschlecht. Das wolle er sich nicht mehr antun. Sein Papa hat die Situation vorhin gesehen. Wenn sein Sohn vergrault werde, sehe er nicht zu, meint er zu Vincenzo. Dabei lugt der Chef des Eiscafés zu Dylan, Emily und mir herüber. Dieser ältere Herr ist nicht besser denn sein Sohn. Gewiss liebt er seinen Zögling. Doch was ist mit der Gerechtigkeit?

Unser Junge strahlt mich an. Er hat mehr Gefühl als ein Erwachsener. Und er setzt es ein. Er beobachtet die Lage immer genau. Keiner macht ihm etwas vor. Der Fünfjährige sieht, dass wir gesiegt haben. Diese Schlacht haben wir gewonnen, denke ich. Dylan zeigt mir einen erhobenen Daumen. Lacht herzlich und drückt sich an seine Mutter heran. »Willst du kuscheln, Schatz?«, fragt Emily. Sie streichelt ihrem Goldstück über den Rücken und verpasst ihm einen zärtlichen Kuss auf die Stirn. Er küsst sie auf den Mund. Ich finde das herzallerliebst. Wie herrlich es doch ist, einen Sohn wie Dylan zu haben. Mir ist das nicht vergönnt. Erst einmal eine Partnerin haben. Dann ankommen in einer Beziehung. Die Hörner habe ich mir abgestoßen. Eine Familie zu gründen ist überfällig. Ergibt sich etwas hier im Café? Charlotte ist ja schon ein heißer Feger. Und ich bin sicher, sie wohnt in diesem Ort. In Mannsberg.

Dieser Ort hat nur Hügel und Täler. Die Robertsons lieben das. Mutter Tina nicht. Und doch sind wir hierhergezogen. Mama und Papa sind nicht mehr die Jüngsten. Sie brauchen Emilys Hilfe. Alleine werde ich selbst wenig ausrichten. Deshalb bin ich froh, eine schicke Wohnung in Mannsberg gefunden zu haben. Und Papa freut sich ungemein, wenn er Dylan täglich sieht.

Kapitel 2

Emily hat etwas vernommen. Es ist ihr Smartphone, das in ihrer Handtasche liegt. Nicht schlummert, sondern vibriert und Klanglaute von sich gibt. Sie drückt eine Taste und hat unsere Mutter Tina am Apparat. Diese scheint hektisch zu sein, denn ich spüre, wie Emily sie zu beruhigen versucht. »Warum Maximilian nicht an sein Smartphone geht? Max. wo ist dein Smartphone?« Ich erschrecke und schaue nach. Ja, ich habe es nicht gehört. Ist ja so laut hier vor dem Eiscafé. Ein Andrang wie auf dem Vergnügungspark. »Tut mir leid, Mama«, rufe ich ihr zu. Was denn so Dringendes sei, fragt Emily.

    Mein Gesichtszug ist eingefallen. Ich sehe den Schrecken in Emilys Augen, die sich weiten, wie wenn sie eine Droge genommen hat. Eine halbe Minute später legt Emily auf und sieht zu mir herüber. In diesem Augenblick taucht Mutter Tina unvermittelt vor dem auf. Sie rudert mit den Armen und versucht, uns zuzurufen. Nein, sie kommt nicht, um etwas zu fragen, denke ich mir. Dieses Mal wird sie uns eine Nachricht beibringen. Was wiederum wichtig ist.« »Setze dich erst einmal, Mama«, sagt Emily. Der Eiscafé-Betreiber stellt ihr einen Stuhl von drinnen hin. Alle anderen im Außenbereich sind besetzt. Tina kommt gar nicht dazu, sich zu bedanken. Sie wolle nichts trinken. Später. Es ist ihr wahrlich etwas über die Leber gelaufen. Der Vater des Italieners bleibt in Sichtweite. Er ist gespannt. Was mich auf den Plan ruft. Ich spreche im Geiste und hoffe, er begreift, was der Verstand sagt. Ich erkenne, dass der Italiener zuckt. Dann wendet er sich verärgert weg. Dieser Mann hört meine Gedanken. Ich selbst beherrsche das ebenso. Spüre deutlich die Worte in der Atmosphäre. Der Sizilianer lässt im Gefühl wissen, dass er es versteht. Und dass er wahrlich nicht zur Familie gehört und nicht lauschen möge. Aber sodann! Verdammt. Ich spüre Worte zu mir aufkommen. Es ist der Eiscafé-Betreiber. Er sagt in Gedanken, wie ausgewechselt: »Was glauben Sie, wer Sie sind. Erst meinen Sohn, und jetzt mich vor den Kopf stoßen. Sie sind ein Ganove. Von der italienischen Mafia«.

Diese Worte sitzen in mir. Doch ich werde den Italiener wissen lassen: »Ihr Sohn ist ein Sexmonster. Er will diese hübsche Blondine nur sexuell ausnutzen. Er hat keine Intension zu einer Beziehung. Das hat er Ihnen nicht gesagt, nicht wahr?« Der Eiscafé-Betreiber sieht mir direkt ins Gesicht und nickt mir zu. Und da bin ich bewusst, dass er diese Gedanken wie ein Gefühl aufgenommen hat. Meine Güte, denke ich. Diese Sache ist hochspannend. Und ich helfe Menschen dabei, wie dieser Charlotte. Und Vincenzos Vater wird endlich mal erkennen, wie sein Sohn in Hinblick auf Frauen vorgeht. Überaus schändlich. Nur ins Bett mit ihnen. Sie verführen, obwohl die Dame eben keine Ahnung hatte von Vincenzos Vorhaben. Sie ist jung. Und da werde ich ihr nicht vorwerfen, dass sie gefühlskalt in Gesprächen war. Ab heute fängt für sie ein neues Leben an. Sie sieht nicht mehr nur die Körper, nein, ebenso die Herzen der Menschen. Egal wen sie trifft. Sie begreift, wer ihr gegenübersteht. Vincenzo ist von heute an, mein Gegner. Selbst sein Vater stellt sich neben mich. Er ist zwar Italiener. Ist aber seiner Frau stets treu und ergeben.

Tina erklärt, da sie sich beruhigt hat, was sie umtreibt. »Papa atmet nicht mehr, da habe ich den Arzt gerufen. Mir scheint es eindeutig zu sein, doch der Doktor muss noch eine Untersuchung am Bett tun«.

Ich erschrecke, Emily ebenso. Nur Dylan versteht es nicht. Seine Mutter schreitet ein und sagt: »Er atmet nicht mehr? Meine Güte, Mama. Dann ist er gegangen?« Und ob er das ist. Tina und Vater Klaus Peter waren eben alleine. Sie verabschiedete sich bei ihm. Wir nicht. »Ja, euer Papa ist tot. Mein Mann ist in den Himmel gegangen«.

Tina schluchzt und weint. Emily kullert eine Träne herab und Dylan sieht sich seine Mama genau an. Er bemerkt, es ist etwas Wichtiges geschehen. Er schweigt, wo er doch ein Plappermaul ist. Ich werfe ihm das aber nicht vor. Er ist eben wie seine Mutter Emily.

»Mama. Was ist mit Opa?«, kommt es vom Jungen. Er hat verstanden. Es ist was mit Opa Klaus Peter. Und da Dylan sein Großvater heilig ist, so fragt er nach. Ich bin es, der ihm die Antwort auftischt. Emily ist nicht imstande dazu.

»Mein lieber Schatz. Du kennst doch die Geschichten vom Himmel, oder? Ich meine, es gibt Engel und Geister, Gott und auch deinen Opa. Sie alle sind unsichtbar für uns, aber sie leben trotzdem fort. Dein Opa ist einfach hinüber, in den Himmel. Doch er wird uns immer wieder besuchen«. »Weißt du, Mama. Ich glaube das auch, dass Opa jetzt im Himmel ist. Er wird mich beschützen. Opa ist ein Held«. »Das ist er ganz bestimmt, mein Kleiner«, antwortet ihm seine Mutter. Ihr Backen zuckt und sie weint. Oma Tina streichelt ihr über die Schulter. Emily ist nicht kleinzukriegen, und so fasst sie sich sofort und sagt, sie wolle ihn sehen. Ob das denn ginge?

Der Bestatter ist nicht anwesend und so liegt Opa Klaus Peter auf seinem Bett. Der Arzt ist bei ihm.

Wir laufen schnellen Schrittes über das Zentrum von Mannsberg, dann den Berg hinauf bis zur Goethestraße. Tina klingelt an der Tür. Sie hat den Schlüssel in der Wohnung gelassen. Da trifft es sich, dass der Arzt anwesend ist und uns öffnet. Er ist eingeknickt. Schaut zu Boden. Es sei alles so, wie wir vermuten. »Der werte Herr Knappe ist verstorben«.

Dylan weint bitterlich. Das ist jetzt doch zu groß für ihn. Emily nimmt ihn in den Arm. Dann zückt sie ihr Smartphone und benachrichtigt ihren Matthias. Er ist in wenigen Minuten vor Ort, hat sich für den Rest des Tages freigemacht. Er umarmt seine Frau. Der Bestattungsdienst rückt an und zwei schwarzgekleidete Männer tragen Opa mit einer Bahre in ihr Fahrzeug. Der Arzt verabschiedet sich. Der Bestatter selbst kommt bei uns an, nachdem Emily ihn angerufen hat. Er scheint nüchtern, sagt sein Beileid. Er ist Kummer gewohnt. Und den Tod erst recht. Diesen, der ein Leben beendet. Der den Toten für alle unsichtbar macht. Meine Wenigkeit aber sehe unseren Papa dennoch. Habe diese Gabe und nutze sie. Ich lasse Vater nicht so herumschweifen, nein, ich rede, als sei er da. Und das gibt ihm und mir die Gewissheit, dass wir eine Familie sind. Eine Gruppe, die zusammengehört.

Wir sind verschweißt, zu einem Bund für die Ewigkeit. So sehe ich das und da ich Papa befrage, sagt er genau das Gleiche. Mir kommt aus dem Munde, dass Opa Klaus Peter stets für uns da sein wird, und Schwester begreift, dass ich Kontakt mit ihm hege. Obwohl Emily ihn nicht sieht, so vertraut sie darauf, dass es die andere Welt gibt. »Ich muss Harry anrufen«, sagt sie und meint dabei unseren Bruder, der im Homeoffice steckt, sich aber schnell freimacht. Der Tod von Opa kam ohne Vorwarnung. Doch wir nehmen uns heraus, uns jetzt damit zu beschäftigen. Und so kommt Harry genau da herein, da der Bestatter seinen Laptop hochgefahren hat. Er fragt einige Daten ab, in dieser Zeit reiche ich allen Anwesenden ein Glas und stelle dabei zwei Flaschen stillen Wassers auf den Esstisch. Der Angestellte gießt sich ein. »Entschuldigen Sie, aber das brauche ich jetzt«. Er rümpft die Nase, als habe er Whiskey heruntergekippt. Mutter Tina sagt ihm das Geburtsdatum von Klaus Peter. Der Bestatter fragt einiges nach und notiert sich alles. Am Ende druckt er eine Seite aus, mit den Aufgaben, die wir zu erledigen haben. Den Rest übernimmt er selbst. Er stellt eine Rechnung auf. Die Kosten sind immens. Für Papa Klaus Peter aber goldrichtig. Er hat sich ein teures Institut, und eine hochkarätige Beerdigung verdient.

Kapitel 3

Ich erinnere an einige Situationen mit Papa. Emily hat ihn mehr geliebt, denn meine Wenigkeit. Und wenn ich mich in den letzten Wochen um ihn gekümmert habe, so hat Schwester vieles organisiert, was für Klaus Peter nötig war. Sauerstoff, ein Krankenbett, einen Rollator und einen Rollstuhl. Das hat sie angeleiert. Und er war froh, Emily zu haben. Und er ist es jetzt, wenn ich ihn recht verstehe. Er versuchte in den letzten Tagen, keine Last zu sein. Doch was ist die Liebe? Wie demütig Vater ist. So herzlich im Gemüt. Im Verstand und im Herzen. Ich glaube, ein großer Mann hat uns verlassen. Nicht, ohne Adieu zu sagen. Durch mich ist das möglich. Gott hat es so eingerichtet, dass Klaus Peter einen Auftritt hat, in dieser Zeit nach seinem Ableben.

Papa gewahrte nie, ein Engel zu werden, was er jetzt aber gewiss ist. Und so bin ich froh darüber, dass ihn diese Neuigkeit einfängt. Dass er ein himmlisches Wesen ist und ewig lebt.

»Wenn du bitte Tina sagst, dass ich sie liebe, ja?« Schaffe ich das? Mutter das weitersagen, ohne Zweifel bei ihr zu wecken? Würde sie an mir und dem Himmel zweifeln, erzähle ich ihr die Worte Papas? »Papa. Ich kann das nicht. Bringe das nicht übers Herz. Was wenn Mama mir das alles ausredet? Sie glaubt womöglich, ich sei nur krank, dabei habe ich eine große Gabe, nicht wahr?«

»Ja, Maximilian. Ich selbst habe noch vor Stunden geglaubt, du seist krank im Verstand. Jetzt sehe ich, dass alles was du mir schon früher berichtet hast von der anderen Welt, tatsächlich die Wahrheit ist. Daran lässt sich nicht rütteln«.

Diese Worte bauen dermaßen auf. Ich fühle mich wie Merlin, der Zauberer. Denn was hier geschieht, ist sonderbar. Ich spüre Papa im Raum, ein zwei Türen bewegen sich und knarzen dabei. Matthias ist der Erste, der das bemerkt und uns darauf aufmerksam macht. Er kommt ohne Widerspruch an das alles. Emily sieht dies immer mehr. Ich hoffe nur, sie übertreibt es nicht. Das ist meine Befürchtung, wenn ich höre, wie sie mich ausfragt nach dem Verstorbenen. Klaus

Peter antwortet gerne und da die Frage von Schwester kommt, ob er denn seine Eltern endlich im Himmel antrifft, da sagt Papa ja. Emily sieht mich schräg an und befeuchtet ihre Lippen. Wenn dies alles wahr sei, so meint sie, dann sei ich selbst nicht verdreht im Kopf, sondern begnadet talentiert.

Mein Arzt hat eine andere Meinung denn ich. Er sieht mich schwerkrank an, doch ebenso erkennt er, dass ich im Alltag einiges ohne große Probleme vollbringe.

Ich schreibe gerne Gedichte. Veröffentliche schon den dritten Gedichtband. Und bin froh, dass ich dermaßen fleißig bin, wie es möglich ist. Es ist für einen Menschen ohne Handicap zu wenig. Es scheint eine Sache zu sein, die mir Freude und Anstrengung bereitet.

Der Arzt erkennt, dass ich keinen Achtstunden-Job aushalte. War mir früher schon möglich. Die Erlebnisse aber haben sich in meinem Geist festgesetzt, wie eine Zecke. Die andere Welt fordert von mir ihren Tribut und einiges ist falsch gelaufen. Hätte ich es nicht übertrieben, stünde es heute besser um mich.

Habe Einschränkungen, die ich nicht vielen Menschen verrate. Nur so normal wie möglich angesehen werden. Wie eine Person, die nicht schräg oder verzerrt dreinsieht. Die einen Blick für diese und jene Welt hat, und eine Macht ausstrahlt.

Papa Klaus Peter wird mich in den nächsten Tagen beruhigen, weil er dies beherrscht. Mutter Tina streichelt er über die Schulter und gibt ihr einen imaginären Kuss. Bemerkt sie, was hier passiert? Nein. So ist sie nicht. Ich verlange das nicht von ihr. Trotzdem erzähle ich ihr ab und zu, was Papa von sich mitgibt. Das gibt Trauer, aber Hoffnung. Die Sehnsucht, Klaus Peter einst zu treffen. Ihn wieder in die Arme zu nehmen, mit ihm zu reden und zu albern. Ich bin sicher, dass es so kommen wird. In Mutter ist dies angelegt. Lebe es aus, Mama, sage ich mir. Wir werden uns bald wiedersehen, in der anderen Welt. Emily und ihr Mann sind dem Thema nahe. Ebenso Emilys und Matthias Sohn Dylan. Einige Kinder

- wenn sie jung sind - stehen Engeln und dem Himmel manches Mal gegenüber.

Meine Gabe hat sich in einem Alter von zweiundzwanzig aufgetan. Dabei bin ich nicht traurig und nicht wütend darüber. Es ist ein Geschenk von Gott. Trotz der Hindernisse, die sich in den letzten Jahren aufgebaut haben. Demnach fühle ich mich psychisch manchmal übel, praktisch unbeholfen im Geist. Es dauert immer an und ich warte sehnsuchtsvoll auf Genesung. Auf andere Tage. Wenn die Stunden aber um sind, bin ich erneut voller Hoffnung, dass der morgige Tag doch besser sein wird. Bis dann die nächste Woche kommt.

Ich bin nicht der Einzige auf der Welt, der leidet. Es gilt demnach das Beste daraus auszuschöpfen. Was ich angehe. Das mir aber oft nicht gelingt. Gott sei Dank ist mein Bewusstsein intakt. Ansonsten würde ich schweben über der Erde. Und kaum was mitbekommen vom menschlichen Dasein.

Die Phantasie ist mir fern, aber die andere Welt nahe. Ich kann es mittlerweile trennen. Und das gibt mir eine enorme Sicherheit. So bin ich fest im Leben drin, wie ein normaler Mensch. Brauche nicht mehr darüber nachzudenken, was wahr ist. Ich erkenne es schnell.

Habe ein menschliches Gespür, wie jeder andere. Ich fühle wie ein Mensch, körperlich und geistig. Nur spüre ich ebenso die exakten Worte. Das ist der Unterschied.

Kapitel 4

Die Nacht nach der Beerdigung.

Schlendere über den Friedhof der Stadt, nachdem ich das kleine Tor für Besucher öffne. Bin zwar schon sonderbar, aber hier erlebe ich zum ersten Male, dass all die Spukgeschichten wahr sind. Ohne Visionen bin ich hier eingetreten, auf diese Todesstätte. Keine Vorahnung und Furcht ist in mir. Feste, starre Vorstellungen sind nicht real. Sie beruhen auf Phantasie. Und eine solche nützt mir überhaupt nichts. Beharre, die Realität vor meinen Augen zu haben. Wird die heutige Nacht mir das beibringen?

Papa Klaus Peter steht hinter dem Kreuz, welches an sein Grab geschlagen ist. Er ist deutlich vor mir, obwohl er tot ist. Nein, ich sage es mal anders. Ich sehe ihn nicht wie einen Menschen, sondern durchsichtig erscheint er mir. Und trotzdem, ist dies die Wahrheit. Bin mir zu Hundertprozent sicher, dass es so ist. Ich trete an meines Vaters Grab und nicke ihm wohlwollend und herzlich zu. Durch ihn bin ich mehr mit dem Herzen dabei. Gott sei Dank. Er hat mich gelehrt, was das Leben heißt. Wie man dieses sehen möge und die Gefühle der Menschen. Bin überaus dankbar dafür. Ich habe zwar immer eine zweite Realität, die des Himmels. Doch die menschlichen Begebenheiten, die hat mir Papa durchaus gefühlvoll beigebracht.

Es ist ein Unterschied: Nimmt man alles wahr, oder schwelgt man in Träumen. Ich kenne einige Personen, die am Tage nicht da sind. Sie sehen die Wahrheiten des Volkes total falsch, weil sie wie weggetreten sind. Das scheint mir eine große Herausforderung zu sein, diese Menschen umzupolen. Aber ich werde aushelfen. Diese Leute basteln sich das Leben so zurecht, wie sie es gerne hätten. Alles was sie sehen ist in Ordnung. Wenn Katastrophen passieren, geht ihnen das nicht durch den Leib. Nein, sie träumen dabei, sind in Gedanken. Sie kennen die Weisheit nicht. Es ist leichter, die Realität zu dämpfen, um keinen Schock zu erleiden. Die schlauen Leute aber haben diese Momente immer mal wieder. Sie sind fähig, die Wahrheiten zu sehen. Sie zu erfahren. Und sie haben Herzensbrüche und Gefühlsausbrüche. Weil eben das Leben auf der Erde eine grobe, aber lohnenswerte Sache ist. Und wenn sie es dämpfen, dann erleben sie die kleinen und großen Momente nicht. Ein zweischneidiges Schwert. Papa Klaus Peter hat beides: das Wunder und das Schaurige. Nicht, dass er selbst schauderhaft ist, nein, er hat es nur erfahren im Leben und hat es angenommen.

Was nützt ihm die Illusion? Und so gab er sich nie dem Himmlischen hin, das war für ihn nicht real. Da er aber verstorben ist, da sehe ich, dass er jetzt erkennt, dass der Himmel kein Trug ist und es nie war.

Nur in dieser Hinsicht hatte er sich getäuscht. Gott sei Dank hat er es jetzt erfahren. Der Allmächtige existiert. Und das wird er in Zukunft. Das sieht Klaus Peter und da er standhaft ist, so wird er den Allergrößten festhalten, wie er uns, seine Familie, nicht weggehen lässt. Er wird immer mit seiner

Sippschaft sein, denn so loyal ist er und wird es solange sein, bis wir alle ihm nachfolgen. Wenn wir ihn einst treffen werden, in der Zukunft, dann wird er uns empfangen und küssen. Und er wird uns einführen in die Geheimnisse des wahren Himmels und der himmlischen Erde. Denn hier und dort schwebt Klaus Peter umher. Vollbringt Wunder, weil er mir erscheint. Ich spüre seine Sätze, fühle seinen Charakter darin. Wer wenn nicht er spricht hier zu mir? Nein, kein Dämon. Heute bin ich fähig Teufel und Engel zu unterscheiden. Und ebenso Gott und Klaus Peter. Beide sind mir nahe. Manchmal überschneiden sich ihre Worte, doch ich höre schnell, wer etwas zu mir sagt.

Ich gehe zum Kreuz und reiche Papa die Hand. Da erfährt meine Haut eine gering wahrnehmbare Wärme. Es ist Papas Pranke. Seine Liebe. Gott, Klaus Peter verlässt diesen Ort keinesfalls. Bin froh, dass er erhalten bleibt. »Bleibst du bitte mit uns, Papa?« Ich denke kurz darüber nach. »Nein, Papa. Du darfst den Sprung in ein neues Leben, als ein neuer Mensch ruhig machen. Ich werfe dir das nicht vor. Es ist nur: Ich liebe dich. Wir lieben dich. Und wir möchten sehr gerne, dass du mit mir sprichst. Ich gebe deine Worte und Taten gerne an die Familie weiter. Liebesbekundungen der Familie aber bringe ich nicht übers Herz«. »Schon okay, mein Sohn. Ich bleibe in jedem Fall. In euch habe ich Liebe gesehen und gespürt. Wie kann ich da anders handeln als bei euch zu bleiben«? »Papa. Ich war gar nicht liebevoll mit dir und den anderen. Nicht mal eine Frau kann ich finden für mich«. »Du bist eben anders. Du musst keine Frau finden. Du hast jetzt aber Mama, Emily mit Familie und Harry mit Familie. Sie sind jetzt deine Liebe. Eine echte solche, wie du sie früher nicht hattest, nicht wahr«? Die Gedanken sprühen in mir. Die Verbundenheit mit diesen Personen festigt und vergrößert sich. Das sage ich zu Klaus Peter. Und er gibt mir recht. Was Papa sagt stimmt. Er hat die Weisheit mit Löffeln gegessen. Hat oft eine Lösung parat. Diese sehe ich ebenso bei Harry, meinem Bruder. Er hat stets einen Einfall für mich, wenn ich etwas nicht beherrscht bekomme. Er hat immer Worte und Handlungen, die mir helfen. Ihm gelingt alles, wie es bei Papa geschieht. Da hat sich mein Bruder eine Menge abgeschaut. Freundlicherweise teilt Harry seine Lösungen mit mir, wenn ich Hilfe benötige. Einige Stunden zuvor, bei der Beerdigung, da hatte er passende Worte für uns, die wir wegen Corona eine kleine Menge waren. »Meine Lieben«, sagte er. »Unser Papa geht gerade jetzt in das Himmelreich. Es soll ihm gegönnt sein, denn er ist eine tolle Seele, mit Herz und Verstand war er immer bei der Sache. Und ich habe ihm viel zu verdanken. Habe ihm stets über die Schultern geschaut und alles verinnerlicht, was er sagte und tat. Jetzt muss ich alleine, mit meiner eigenen Familie, weitermachen. Jetzt muss ich das Vorbild für meine Kinder sein, wie Papa mir ein Vorbild gewesen ist. Die Lage ist ganz einfach. Wir machen weiter, mit der Liebe von Papa im Herzen. Ich hoffe, Maximilian wird uns von Papa berichten, denn er hat eine Gabe mit den Toten zu sprechen. Und ich möchte gerne erfahren, wie

Papas Leben weiter funktioniert. Als ein Engel im Himmel, aber auch mit uns auf der Erde. Ich kann ihn nicht sehen, meine Lieben. Aber ich sehe noch die Bilder der letzten Jahre vor meinen Augen.

Als er schwamm, als er Fahrrad fuhr. Wie er unsere Kinder, seine Enkelkinder in den Arm nahm. Und wie er uns immer begrüßte, wenn wir bei ihm zu Besuch waren. Als er meine Tochter auf die Backe küsste und wie er mir das echte Leben beibrachte. Das alles ist er, unser Papa.

Er war unsere Stütze und er wird als Schutzengel weiterhin an unserer Seite stehen, richtig Max?« Ich hebe den Daumen und grinse. Und Bruder ist sich jetzt zu tausend Prozent sicher, dass Papa jetzt mit uns ist. Dieser Glaube in Harry und in Emily verschafft in diesen Tagen nicht nur Hoffnung. Sie gibt mir selbst große Stärke. Alles mir Wahrnehmbare wird mit meiner Familie geteilt. Sie sind mir ein Berg. Ich besteige ihn. Gehe gerne im Leben mit den Liebsten nebenher. Nehme teil an Witzigem. Ebenso am Leid anderer und an mir. Harry hat immer Mal wieder Kopfschmerzen und ich sehe an seinem Gesicht, dass dies schwierig zu handhaben ist. Er schreitet hindurch, erduldet es, wie ich es ebenso ertrage. Bin bereit dazu, heute endlich, das Leid anzunehmen. Nach Jahren der Grobheit sind bessere Monate gekommen. Obwohl Papa verstorben ist, blüht meine Seele auf. Und ich spüre keine Dämonen mehr, bis zu dieser Nacht.

Klaus Peter spricht zu mir: »Oh, Max, ich habe Furcht«. »Warum denn, Papa«? ist meine Frage. Er meint, ob die Geister hier nicht sichtbar für mich wären. Zunächst ein Kopfschütteln, dann sehe ich es doch. »Ja, Papa. Du hast recht. Hier sind sie. Auf diesem Friedhof. Viele von Ihnen sind gekommen. Sie zu fürchten muss nicht sein, Papa. Ich selbst habe diese Art von Wesen schon gefressen. Fürchte mich nicht vor Geistern. Ich spüre sie aber, wie auch du es tust, Papa. Und ich verstehe, dass du sie fürchtest, wo du doch niemals mit Geistern in Berührung warst. Ich habe viel Erfahrung mit ihnen gesammelt. Fürchte dich nicht, Papa«.

Ich sehe über den Friedhof. Sie fliegen an den Gräbern vorüber. Und es geschehen Geräusche, wie bei den Wölfen. Mich erschüttert es nicht. Papas Angst aber spüre ich in der Luft. Er steht hinter mir und zittert. Ja, er verhält sich wie ein Mensch. Das hat er nicht abgelegt. Das hat er sich glücklicherweise behalten.

Kapitel 5

Ich versuche, Klaus Peter zu beruhigen. Habe die Mittel. Denn meine Stimme ist hypnotisch. Und so kommen folgende Worte aus mir heraus: »Mein lieber Papa. Sei getrost, dass diese Geister dir nichts antun können. Wenn sie das könnten, wäre ich heute nicht mehr hier. Sie haben auch mich versucht zu erschlagen, mit Geflüster und mit Schreien. Das ist ihnen zwar schon bei mir geglückt, aber ich habe es heute überwunden. Nicht zuletzt schützen mich die Medikamente, die mein Facharzt mir seit Jahren verschreibt. Damals war es anders, heute bin ich stärker als jemals zuvor«.

Ich spüre, wie sich Papa vor mir aufbaut. Er sieht durch mich hindurch und sagt: »Wenn du keine Furcht hast, mein Sohn, dann habe ich sie auch nicht. Dein Vorbild soll mir gelten. Ich werde einfach größer sein als diese Geister«. Ich entgegne ihm, dass er sich Zeit damit nehmen möge. Er sei erst seit kurzem verstorben und habe keine Erfahrungen in dieser Hinsicht. Papa schmunzelt und nickt. Er legt seinen Zeigefinger auf das Kinn und überlegt. Dann schaut er an mir vorbei und sieht Dylan mit Emily kommen. Er streckt seinen Finger nach ihnen aus. Ich erkenne, was geschieht. Meine Schwester hat sich hierhin gewagt. In ihrem Falle ist es okay, denn sie erblickt und hört Geister keineswegs. Möglich ist, dass sie es im Gefühl hat. Sie ist ein einfühlsamer Mensch und sie bringt dies ihrem Sohn gerne bei. Ebenso ihr Mann Matthias ist ein feinfühliger Zeitgenosse. Er lebt es aus, versichert zwar, dass er keine Gefühle habe. Ich kenne es aber besser. Spüre, wenn er es hat. Da ist es nicht mehr möglich, sich herauszuwinden. Zu oft kommen seine Gedanken genau da, wo Emily gleiche solche hat. Sie sind sich zunehmend ähnlich. Das zumindest gibt Matthias offen und ehrlich zu. Und ich finde, das steht ihm. Meiner Meinung nach möge er öfter seinen Verstand mit Emilys synchronisieren. Dabei schmunzelten beide ungemein und im Chor.

Ich gehe auf Emily und Dylan zu. Winke dem Jungen, gebe ihm einen Kuss auf seine rechte

Backe und umarme meine Schwester. Sie scheint herzlich zu sein, doch ich sehe, wie ihr Gesicht zuckt. Was für mich ein Zeichen von Furcht ist. Streichele ihr über ihren linken Oberarm. Dann halte ich ihr die Faust hin und sie drückt ihre gegen die meine. »Alles okay, Emily«?, kommt es ironisch. »Ja, ja«, schießen zwei Worte aus ihr. Und ich denke, sie lügt. »Du spürst es«?, frage ich weiter. Sie nickt und meint, ihr sei es gruselig hier. Dylan schaut sich um, zeigt mit dem Finger in verschiedene Richtungen. »Wow, Mama«, sagt er dann. »Da sind überall Geister. Hab keine Angst, Mama. Ich beschütze dich, wenn Papa nicht da ist. Keine Sorge. Ich bin schon fünf Jahre alt. Mama ist das viel? Fünf Jahre«? »Für ein ganzes Leben ist es nicht viel, mein Junge. Du wirst noch viele Jahre Zeit haben. Keine Sorge. Ich bin in dieser Zeit immer bei dir, okay«? »Okay, Mama. Aber was wollen diese Geister von Opa Klaus Peter«? Emily schaut erschrocken drein. Streichelt ihrem Schössling die Haare an der Stirn zur Seite und fragt, ob er denn Opa sieht? Was er verneint. »Aber ich weiß, dass er da ist,

Mama«. »Ja, Dylan. Ich weiß auch dass er da ist«, sagt Emily. Es wäre jetzt an mir zu gestehen, dass ich Opa erkenne und mit ihm rede. Ich bleibe stumm. Wenn der Junge in Schwierigkeiten gerät? Er würde im Kindergarten ausposaunen, dass ich mit Toten spreche und sie sehe. Und so schweige ich. Dylan ist sich nicht bewusst, dass die Ärzte mich für erkrankt erklären, wo ich doch selbst eine Gabe an mir erkenne. »Wenn der Junge größer wird, muss ich auch ihm mein Geheimnis preisgeben«. »Nicht so laut, Max«, sagt Emily und führt dabei ihren Finger an ihre Lippen. Hoffe, Dylan versteht nicht alles, was ich hier verzapfe. Bin dagegen, sein Leben zu versauen, um Ehre an mir zu haben. Zu unschuldig ist der Junge. Wenn er aber schon das Wort ›Himmel‹ das eine oder andere Mal benutzt. Dann versuche ich, ihm immer mehr davon zu berichten. Doch seine kleinen, sanften Augen, stoßen mich an, zurückhaltender zu sein. Emily lobt das. Es scheint jetzt, als habe sie eine Verbindung mit Klaus Peter aufgebaut. Sie spricht in die Luft: »Papa. Ich möchte dich gerne sehen, wenn dies möglich ist. Oder vielleicht deine Stimme hören«. Eine kurze Ruhe geschieht und Emily wartet einen Moment ab. Ich vernehme, wie Klaus Peter sich vor ihr hinstellt. »Meine Prinzessin soll bekommen, wonach sie bittet. Lieber Gott, gib ihr die Gabe mit mir zu kommunizieren. Als ein Engel bitte ich darum. Sie ist gefühlvoll, wie Max. Max aber kann schon, was Emily noch verborgen ist: Treffen mit mir zu haben. Mich zu sehen und zu hören. Ja, sie liebt mich, das hat sie schon immer getan. Und die Liebe zu ihr, möge sie doch reichlich damit beschenken, diese Gabe zu entwickeln«. Meine Wenigkeit nickt Klaus Peter zu. Dann gebe ich seine Worte an Schwester weiter, denn sie hat es bislang nicht geschafft, mit ihm zu sprechen. »Unser Papa liebt dich sehr, Emily. Und er betet vor Gott dafür, dass du beginnen sollst, ihn hören und sehen zu können. Wenn ich es kann, sollst du nicht weniger haben. Mache dich bitte bereit dafür, Emily«. Ich nehme ihre Hände in meine, und bete meinerseits: »Lieber Gott, mache sie bereit dazu. Sie will ihren Vater sehen. Mache es möglich, aber ohne ihr ein Leid beizubringen, wie ich es zu Beginn hatte. Emily aber soll keine Hindernisse haben dabei, sondern nur die Freude, mit Papa reden zu können«. Ich bin mir bewusst, dass mein Gebet nicht schwächer ist, denn das von Klaus Peter. Er ist zwar ein Engel, aber ich bin schon jetzt nicht weniger ein solcher. Habe Bücher über verschiedene Himmelswesen gelesen. Da gibt es für die Gesundheit einen und einen für die Liebe. Deren Namen sind mir entfallen. Ich habe gehört, dass schlaue Menschen vergesslich sind, da sie einiges schnell löschen, um für die wichtigen Angelegenheiten den Verstand frei zu haben. Werde mich nicht selbst loben, aber vieles spricht dafür, dass diese Schwäche einen Grund hat.

Ich sehe ein Licht von Emily ausgehen und bin erstaunt über Gottes Zeichen. Meine Schwester greift in eine Tüte, die sie dabeihat. Dann holt sie etwas daraus hervor. Es ist ein Grablicht, worin eine Kerze steckt. Und ich habe angenommen, sie strahlt ein Licht aus. Und trotzdem ist dies von Gott. Emily rügt mich.

Habe die Lampe vergessen, wofür ich gekommen bin. »Entschuldige«, sage ich. Nehme die Grablampe entgegen und warte gespannt, darauf, dass Emily Papa sehen möge. Doch so, wie ich es vernehme, schaut sie recht normal in die Runde. Es hat nicht funktioniert. Gott ist keine Macht, die alles sofort beschert. Nur warten, dann wird es wahr.

Klaus Peter sieht sich Dylan an, der keinerlei Furcht kennt, obwohl er Geister vernimmt. »Kann der Junge das schon lange«? fragt Papa an mich gewandt. »Ich glaube schon«, kommt es prompt und sicher. »Opa, bitte habe keine Angst. Ich habe sie auch nicht«, sagt der Fünfjährige. Emily lobt ihren Zögling. Er werde immer besser. Der Kinderarzt sei zufrieden mit ihm.

Ich glaube das sofort. Bemerke es stets, wenn wir spielen. Er hat eine reiche Phantasie. Gespickt ist sie mit einem Wortschatz, der seinesgleichen sucht. Er sieht Opa nicht, aber er vernimmt ihn in unserer Anwesenheit. Gott sei Dank, spukt es in mir. Ich bin gesund. Denn ebenso Kinder haben die Gabe.

Ein Gedanke springt von Emily zu mir. Er besagt, dass sie das glaube, dass Kinder eine solche Gabe besitzen. Sie hat mein Gefühl aufgeschnappt und mir geantwortet. Spüre die Worte, die sie im Kopf bildet. Mehr denn jeder andere Mensch.

Emily kennt meine Besonderheit. Matthias erklärt ihr stets, dass ich gesund sei. Mir bleibt es ihn zu loben im Geiste und ihr Ehemann erkennt, dass ich ihn schätze. Seine Intelligenz. Seinen Mut und die Kraft, die in ihm schlummert. Und die immer wieder hochkommt, wenn er sie benötigt.

Kapitel 6

Ich zücke mein Feuerzeug, Dylan meint: »Oh ja. Machen wir Feuer, Onkel Max«. Ich zügle ihn, und zünde die Kerze in der Leuchte an. Emily hält ihren Jungen an der rechten Schulter. Das sei jetzt keine passende Idee, hier ein Lagerfeuer zu veranstalten. Doch Dylan schnappt sich meinen Feuermacher und läuft davon. Er rennt durch die Wege und kommt dann erneut bei uns an. »Oh«, sagt er. »Da bin ich wieder. Ein großer Friedhof, Mama. Und hier liegt Opa Klaus Peter. Aber Mama. Er ist doch gar nicht begraben, er steht hier. Ich sehe ihn nicht, aber er ist da«. Ich lächle den Jungen an, gehe einige Schritte auf Opas Grabstätte zu und stelle das Mitbringsel auf das Grab. »So eine schöne Leuchte«, sage ich. »Hat die Dylan ausgesucht«? Emily antwortet für ihren Sohn: »Nein, das war Oma«. Der Junge schaut verdutzt: »Aber Mama. Oma und ich haben sie ausgesucht. Im Internet«. Selbst für Fünfjährige ist das World-Wide-Web kein Hindernis. Sie begreifen schneller denn jeder Opa. Die Alten haben kaum Computerkenntnisse. Wenn sie mit dem Smartphone zurechtkommen, dann ist schon einiges gewonnen. Ich hingegen beherrsche zwar PC und Laptop. Doch in der Computersprache zu programmieren ist mir zu hochgesteckt. Oft helfe ich Mama Tina mit ihren Onlinebestellungen. Mit Klaus Peter habe ich das eine oder andere Mal etwas bestellt. Das ist Vergangenheit, aber Papa ist und bleibt meine Gegenwart. Da ich die Leuchte hinstelle, steht er direkt vor mir und sagt, er habe mehr gewonnen denn verloren in seinem Leben. Ich gestehe ihm das ein. Er habe recht. Was er alles erreiche, zeugt von Disziplin und Fleiß. Und von Kenntnissen, die er sich immer angeschafft hat. Jetzt sammelt er Weisheiten aus dem Himmel, denke ich. Klaus Peter liest diesen Gedanken und sagt: »Ich bin froh dich zu haben, mein Sohn. Komme mit«. »Nein, Papa. Noch komme ich nicht mit in den Himmel. Ich habe so viel, was mich hier hält. Meine Karriere als Poet ist jung und noch erfolglos. Da möchte ich etwas erreichen. Und unsere Familie möchte ich bei mir haben«. Klaus

Peter schreitet ein und meint: »Aber du kannst doch die Familie haben, von dieser Seite ...« »Gut, Papa. Du hast ja recht. Aber ich habe Angst zu sterben. Obwohl ich viel aus der anderen Welt weiß, so fürchte ich mich, dahin zu gelangen«. »Du wirst schon nicht in die Hölle kommen, mein Sohn«.

Es ängstigt der Übergang, vom Körper hinaus in den Raum hinein. Ich hatte schon von Opa erfahren, wie es ist, wenn eine Seele aus ihrem Leib tritt und in der Atmosphäre schwebt. »Allerdings sind mir die drei Sekunden vom Leben in den Tod ein Gräuel, welches ich nicht fühlen möchte«. »Das Gefühl wird überschätzt«, sagt Klaus Peter. Ich verstehe, was er meint. Wenn man soweit ist, wird jede Angst überflüssig sein, denn dann schweift man mit dem Geist hinüber, der keine Furcht mehr kennt. »Weißt du, Papa. Gefühle sind mir nicht fremd«. Klaus Peter schreitet ein: »Wir sind dir nicht fremd, Max. Deshalb hast du recht gesprochen, wenn du bei unserer Familie bleiben möchtest. Und doch hast du mich immer an deiner Seite. Nimm nur nicht zu viel von dem Zeug, das dir der Arzt verschreibt. Sonst hast du bald gar keine Gefühle mehr. Ob sie übel oder gut seien«. Bin sicher, was er meint. Dennoch. Der Quacksalber hat mich vorzüglich eingestellt mit den Medikamenten. Ich werde den Teufel nicht beschwören, es anders einzunehmen, denn mir der Doktor anweist. Die Pillen dämpfen meine Vorstellungen im Leben. Mehr würde mir einiges an Qualität nehmen. Aber in dem Maße, wie es jetzt steht, bin ich bewusst, in jedem Moment. Und antworte mit Gefühl. Vernehme, was der oder die Gegenüber zwischen den Zeilen sagt. Das alles ist mir möglich, trotz Tabletten. Sie sind mir eine Sicherheit, welche wichtig ist, um nicht zu weit in die andere Welt vorzudringen.

Riesige Flügel ragen aus seinen Seiten hervor. Er wirkt größer. »Du hast deine Flügel bekommen, Papa«. Jetzt ist er heilig. Das werde ich der Familie sagen, und so schreite ich mit schnellen Schritten zu Emily und Dylan. Erkläre ihnen, was ich soeben gesehen habe. Dass Opa herrschaftliche Engelsschwingen erhalten habe.

Der Fünfjährige lacht sich ins Fäustchen, seine Mama scharmützelt mit. »Ja, Onkel Max. Engel haben Flügel. Hast du das nicht gewusst«? Ich lasse Dylan seinen Sieg. Er klatscht auf meine Handflächen. »Ja«, sagt er dann. »Er weiß ja gar nichts, Mama«. Emily: »Doch, Dylan. Onkel Maximilian weiß so einiges. Mehr als ich zumindest. Mit der anderen Welt kennt er sich besser aus«. Der Junge schaut verklärt auf uns und ich spüre, dass er die Intelligenz in mir jetzt erkennt. Ich habe ihn seither lieb. Er ist der Größte für mich. Wir haben Respekt voreinander und eine Zuneigung, genau seit diesem Moment, wo er etwas in mir gefunden hat, in meinem Geiste. Ich erkenne schnell seine Macht und Klugheit. Das hat er von seinen Eltern, von Emily und Matthias. Letzterer ist Manager in einem Bundesligaverein, in Sinsheim, welches nicht weit von unserem Mannsberg liegt. Er arbeitet nicht wenig, nimmt sich aber immer wieder kleine Pausen für die Familie. Das rechne ich ihm hoch an. Zeit mit Frau und Kind zu verbringen ist wichtig, denke ich. Und dass er den Fußball zu seinem Beruf macht, zeigt, dass er es geschafft hat, sein Hobby zum Erfolg zu bewegen. Welch ein Aufstieg. Mit Mut und Liebe hat er die richtige Arbeit für sich ausgesucht. Sie wurde ihm von einem Headhunter vorgeschlagen. Und er hat schnell zugestimmt. »Meine Güte«, sage ich immer zu Emily. »Er ist schon mal am Wochenende weg, aber er hat euch so lieb. Das kann ich in seinen braunen Augen spüren. Eine Flamme für die Liebsten sehe ich darin. Und eine Liebe, die groß ist wie er selbst«. Seine Frau sagt dann immer, ich habe recht und sie gestehe ihm das ein. Denn er versorge die Familie mit seinem Beruf.

Ich glaube, Matthias erkennt, wie wir ihn alle lieben. Begreifen schnell, da er seine Späße mit uns treibt. Diese sind seine Stärke und ich kreide sie ihm nicht an. Er hat eine Ausgeglichenheit, die mir manchmal abhandenkommt. Zorn kenne ich. Werde sie mir aber abtrainieren. Wenn das denn funktioniert. Seit Papa verstorben ist, erkenne ich eine Weichheit an mir. Der eine oder andere hat mir das bei der Beerdigung erzählt. Demnach scheine ich Grobheiten ab acta gelegt zu haben. Spüre meinen Körper weicher. Werde ich so dem Zorn entgehen? Und friedfertig mit Mama umgehen? Werde ich nett sein mit allen Menschen im Leben? Oder wird mich der Jähzorn regelmäßig heimsuchen? Strebe keineswegs nach diesem. Werde ich ihn verhindern? Wenn es schon heute möglich wäre, keinen Hass zu verströmen, dann ist Papas Tod lohnenswert.

Ich sehe und höre ihn ja. Und mir scheint alles leichter zu fallen, denn für Emily und Mama Tina. Sie vernehmen neue Sätze von mir, wenn ich von Papa Klaus Peter berichte. Dabei gebe ich mal den exakten Wortlaut wieder. Manchmal ist es sinnbildlich, wie ich vorgehe.

Ich denke, Papa ist zufrieden mit sich und mit mir. Wir stehen uns heute nahe. Und sein Schmerz ist vergangen. Der Krebs besiegt. Der Körper erneuert. Er ist ein Geist. Und er spricht und bewegt sich wie eh und jäh. Ich sehe seinen Charakter in seinen Bewegungen und seine Worte ordne ich seinem Gefühl zu.

Kapitel 7

Wir verabschieden uns. Dabei umarme ich die Robertsons kräftig. Es bei Papa zu vollbringen unterlässt meine Wenigkeit, zu komisch sehe das aus, da er ja unsichtbar ist. Ich winke ihm zu und er steigt innerhalb von Sekunden auf eine himmlische Leiter. Mir ist die Treppe verborgen, aber ich erkenne, dass Papa hinaufsteigt. »Er ist weg«, sage ich zu Emily. Ihr Sohn fragt, wer denn gegangen sei. »Ich meine Opa. Er ist jetzt im Himmel, um zu schlafen, mein lieber Dylan«. »Au ja, Mama. Wenn wir schlafen gehen, können wir dann kuscheln«? Emily grinst: »Sicher«. Der Fünfjährige ist verschmust mit seiner Mutter. Mit mir hat er immer eine Umarmung parat. Manchmal geben wir uns Küsse auf die Wange.

Da alle gegangen sind, gehe ich die fünfhundert Meter bis zu Tinas und meiner Wohnung, worin wir jetzt ohne Papa leben. Mannsberg ist uns ein Zuhause und da Klaus Peter hier begraben liegt, ist es unser Lebensmittelpunkt. Ich öffne die Haustüre mit dem Schlüssel und trete ein. Mama sitzt vor dem Fernseher und grüßt mir. »Der Bergdoktor« läuft über den Sender. »Willst du mitschauen«? fragt sie. Es schallt ein »ja«. Die Serie gefällt mir, sage ich wohlwollend und setze mich auf die Couch. Papas Platz lassen wir leer. Hin und wieder werde ich ihn da wiederfinden, ein Engel, der zu Besuch kommt, wenn wir uns einander sehnen. Kaum huscht das durch meinen Kopf, ist Klaus Peter neben seiner Frau auf der Couch zu erkennen. Ich spreche ihn an: »Oh, Papa«. Sofort redet Mama hinein: »Kannst du ihm etwas sagen? Ich vermisse ihn«. Papas Gesicht errötet. Er habe es gehört, sage ich sanft. »Und er sagt, dass er uns liebhat«. Jetzt habe ich es doch über das Herz gebracht, von der Liebe zu sprechen. Gott sei Dank. Ich bin nicht gefühllos. Habe mir die Worte mit Zuneigung getränkt. Wenn nicht heute wann dann? Mama meint, sie würde ihn gerne im Gefühl, aber sie könne das nicht. Ich sage, das sei kein Problem. So ist unsere Tina. Ihr Mann kommt auf sie zu und legt seine Hand auf ihren Arm. Ich frage sie, ob sie was vernehme. Sie verneint. »Siehst du, Max. Sie kann es nicht«, sagt Opa. »Sage ihr bitte, dass ich Dylan beschützen möchte, so wie sie im Gebet an Gott danach gefragt hat«. Ich übermittle das: »Er hat dein Gebet gehört und wird Dylan beobachten. Mache dir keine Sorgen um den Kleinen«. Tina strahlt über die Ohren. Er möge auf Harrys Kinder aufpassen wie auf jene. Sie seien ebenso seine Enkelkinder. Papa verspricht, auf diese beiden achtzugeben. Mama schaltet den Fernseher stumm, obwohl der Bergdoktor über den Bildschirm flimmert. Es ist ihr wichtig, diese Konversation zu führen. Wie es denn ihrem Mann ginge auf der anderen Seite? Klaus Peter meint, es sei wie zuvor, nur habe er zum Bewusstsein keinen menschlichen Körper und alles um ihn herum strahle so. Ich vollziehe es nach, habe in meinen Phasen mit der parallelen Welt die gleiche Erfahrung geübt. Daher spreche ich mit. Ich übermittle an Tina: »Er fühlt sich anders an und alles um ihn herum strahlt«. »Oh«, sagt seine Frau. »Das ist aber schön. Kann ich es sehen«? »Nein, Mama«, sage ich. »Du bleibst noch mit uns. Es ist zu früh für dich dem Tod entgegen zu gehen«. »Aber mein Klaus Peter ist doch auch dort«. »Aber du bist nicht sterbenskrank und die Enkel aber auch wir Kinder brauchen dich. Du bist doch eine mutige Seele, die für uns einsteht. Wer soll uns beschützen und unsere Interessen durchsetzen, wenn du weg gehst«?

Sie beharrt darauf. Ich erkläre ihr, es funktioniere nach dem Gefühl. Nicht der grobe Wille zähle. Das sei bei allen Menschen so. »Papa ist gegangen, weil er bereit war. Er wollte schon früher gehen, aber sein Herz ist erst jetzt dazu bereit gewesen«. Sie begreift das schnell und zwinkert mir letztendlich zu, etwas, das sie nie von sich gibt. Ich lächle und lehne mich auf der Couch zurück. Tina verschanzt sich unter ihrer Decke und seufzt. »Was mache ich nun ohne Klaus Peter«? fragt sie sich selbst. »Ja, Wir werden einiges für dich finden, Mama. Basteln, backen und dekorieren. Das magst du doch schon lange. Machst es doch auch schon mit deinen Enkelkindern«. Tina legt ihre Hände auf meine

Schultern. »Du bist irgendwie anders, Maximilian. Wie du direkt aus dem Herzen sprichst. Wie du alles so schön aussprichst«.

Ich bin etwas überrascht. Sie sieht das Gefühl in mir. Gott sei Dank. Mama Tina spricht es an, weil sie sich damit auskennt und darauf aus ist, mir Mut zu übertragen. Das schätze ich in diesem Moment durchaus. Sie lässt ihre Hände an mir herunter gleiten und wünscht eine geruhsame Nacht. Es sei früh, meine ich. Sie aber gedenkt im Schlafzimmer weiter den Bergdoktor zu sehen. Denn sie hat es mit der Hüfte und läge im Bett besser denn auf der Couch. Sie und Papa hatten sich teure Lattenroste und Matratzen angeschafft, schon vor einigen Jahren.

Wenn das so ist, dann könne ich ja Fußball schauen. Rutsche auf der Couch hinunter, liege bequem da und schalte auf den Sender, der ein Live-Spiel in der Bundesliga zeigt.

Ein Kilometer entfernt liegt das Zuhause von Emily, Dylan und Matthias. Ein schickes Gebäude, mit einem großen Grundstück. Im

Haus ist Platz für sie und uns da. Der Junge hat sein eigenes Zimmer. Er spielt gerne darin, aber im Wohnzimmer verweilt er ebenso. Wenn ich ihm etwas erkläre, scheint mir, er kennt das alles schon. Er habe es aus den Zeichentrickserien, sagt er dann. Paw Patrol und Feuerwehrmann Sam. Darin gibt es immer Einsätze, welche den Jungen bilden, wie wir ihn jeden Tag sehen.

Er ist sich der Planeten bewusst, ebenso was eine Galaxie ist, kennt er, und dass die unsere Milchstraße heißt. Mir macht es Freude, seinen Wissensschatz zu erweitern, und er hält meine Wenigkeit ungemein fit. Ich fühle mich wie zwanzig, wenn wir spielen. Am Ende des Tages aber wieder wie vierundvierzig, weil die Stunden mit ihm anstrengend sind. Ich bin nicht mehr der Jüngste.

Die Nacht bricht an und Emily liegt neben Matthias. Dylan schläft in seinem Zimmer. Meine Schwester springt auf. Sitzt auf dem Bett und lauscht in einige Meter Entfernung. Sie vernimmt etwas aus der Küche, bleibt aber an Ort und Stelle. Zu grauenvoll sind die Stimmen, die sie hier erfährt. »Uuuh«, erschallt es. Sie rüttelt an ihrem Mann, der wach wird und fragt, ob was mit Dylan sei? Sie verneint. Sie glaube, jemand wäre im Haus. Da ist Matthias sofort bereit, zieht seinen Baseballschläger unter dem Bett hervor und schwingt damit herum. Dann erhebt er sich und schreitet mit vorsichtigen, leisen Schritten in die Küche. Da er zurückkommt, sieht er seine Frau bleich und verschwitzt. Was hat sie?, fragt er sich selbst. »Niemand da, Emily«, sagt er. Er legt sich unter seine Decke und schläft ein. Emilys Blässe hat er schon wieder vergessen. Sie ist aber da, wie das Grauen. So etwas hat sie nie gehört. Sie hält sich die Stirn, fragt sich, ob sie der Fieber gepackt hat. Fehlanzeige, es ist kühl. Alles okay. Nur der viele Schweiß ist nicht normal. Sie erhebt sie sich und tritt vor den Spiegel im Flur. Jetzt sieht sie es. Sie ist bleich wie eine Leiche. »Verflucht nochmal. Es sind Geister hier. Das hatte ich noch nie. Ich muss Matthias nochmal wecken«. Bevor das geschieht, hört sie ein Wesen von hinten nahen. Er treibt sie durch den Flur bis zur

Haustüre. Sie öffnet diese. Es ist der einzige Ausweg. Barfuß steht sie im Garten, wo Dylan letztes Jahr Tomaten und Gurken gesetzt hatte. Da sie den angesprochenen Geist mit eigenen Augen sieht, rennt sie los.

Es ist nicht weit bis zu Mama und mir. Sie nimmt den Weg wie automatisch, bis zu uns. Sie klopft an die Türe. Ich bin wach und öffne. Sehe sie in Nachtbekleidung. »Bist du von Zuhause bis hierher so gekommen«? Sie ist außer sich. Sie werde verfolgt. Ich glaube ihr zuerst immer, was sie sagt. »Sind es ...«? frage ich. »Ja, verdammt, Maximilian. Geister verfolgen mich. Was musst du früher mitgemacht haben. Und jetzt muss auch Papa damit leben. Mit diesen verfluchten Geistern. Ich fühle, wie grausam sie sind. Sie rufen und sie fliegen über mir. Ich fühle mich verfolgt, auch wenn sie mich nicht berühren können. Max, was kann ich tun«?

Ich hole eine Packung eines Medikamentes aus meinem Zimmer, und dazu ein Glas Wasser. »Hier, das Risperidon kannst du einnehmen. Auch ich nehme es. Okay«? Sie nimmt eine Tablette und kippt sie hinunter. »Ich weiß nicht wie lange es dauert, bis sie wirkt, Emily. Hab ein wenig Geduld. Komm wir setzen und zusammen auf die Couch, bis es wieder gut sein wird, okay«? Sie hebt den Daumen hoch und grinst leicht. Ich spüre, dass sie ihre Gefühle überspielt.

»Was schaust du denn da«? fragt sie mich. »Nur ein Horrorfilm«, kommt die Antwort. Ich nehme den Fernbediener und schalte um. Jetzt werden wir auf den Film verzichten. Sie beruhigt sich und chillt mit mir auf der Couch. »Da saß immer Papa«, erwähnt sie. »Er sitzt da immer noch«, sage ich. Emily erschrickt und begibt sich auf einen anderen Platz. »Sorry, Papa«, sagt sie in den frischgelüfteten Raum. Klaus Peter winkt ab. Sei ja alles null Problem. Dann setzt er sich neben uns und spricht konzentriert zu Emily: »Meine Prinzessin. Bist ängstlich geworden. Du siehst doch keine Gespenster«? fragt er. Er kennt die Antwort schon. Sie hat Schwierigkeiten. Prompt scheint sie sich zu fangen. Ich bin froh, dass sie so schnell beruhigt ist.

Kapitel 8

Emily hat die Gabe erhalten, denke ich. Sie hat Geister bei sich, wie ein Kind, nachts im Bett. Ich schaue in ihre Augen, sie sind geweitet. Sodann hellt sich ihr Gesicht auf. »Ich sehe ihn, Max. ich sehe Papa ein wenig. Sieh nur, wie nennst du das? Aura? Ha, es sind schöne Farben, das muss es ein. Kann er mich hören? Papa, hörst du mich«? Sie wartet auf eine Antwort. Wird sie ihn vernehmen? Seine Stimme und die Worte erkennen? Sie kennt Papas Art, und das am besten von uns Kindern. Sie streicht sich mit der Handfläche über ihr Ohr. Dann meint sie, Papa zu hören. Ich selbst verstehe ihn, da er sagt, er liebe uns alle. Emily wiederholt Klaus Peters Worte. Es ist sicher, sie hört und sieht ihn, auf ihre Art, wenn man das mit der Aura bedenkt, die ich nicht immer leuchten sehe. Vielmehr sind die Personen für mich durchsichtig. Ich frage sie, welche Farbe sie an ihm erkenne. Sie ist da rigoros und sagt, es sei ausschließlich die in Lila. Das stehe für Religiosität, meine ich zu beurteilen. Papa ist religiös, in so kurzer Zeit. Kein Wunder, denke ich, sieht er, was er zuvor abgetan hatte. Engel, Gott, das Paradies. Das alles war früher weit weg für ihn. Ich habe schon seit knapp zwanzig Jahren Erfahrungen gesammelt, welche dieses Gebiet anbetrifft. Jetzt ist es Papa. Er macht ebenso seinen Fortschritt diesbezüglich.

Ich sehe einen schwarzen Dämon vorbeihuschen. Er streift Emilys Gesicht. Sie erschrickt. »Meine Güte, Max«, brüllt sie. Das sei schauderhaft. Sie wisse nicht, was jetzt geschehen möge. Das ist alles neu für sie. Ich helfe ihr, wie es möglich ist. »Du brauchst dir keine Sorgen zu machen. Wenn das Medikament anschlägt, wirst du die Geister schwächer sehen und hören. Dann wird es ertragbar sein, meine Liebe«. Ich reiche ihr Tropfen, welche gegen Unruhe helfen. Diese Art kommt gerne parallel mit einem solchen Talent. Ich bin schon damit eingestellt und bin bewusst, wie sich dieses Symptom anfühlt.

Ich sehe es an meiner Schwester. Nehme ihr die

das Fläschchen aus der Hand, dosiere für sie und träufle in ihren Mund. Das wird gleich helfen, denke ich. »Beruhige dich jetzt«. Sie atmet tief ein und aus. »Unruhe ist das Schlimmste, was man haben kann«. »Das brauchst du mir jetzt nicht zu sagen, mein Lieber«, erwidert sie. Emily ist gestresst, und so geschieht eine Entschuldigung. Das sei unsensibel. Sie fragt, woher diese Aussage käme? Ich runzele die Stirn. Sei ein Dichter, der viele Worte kennt. Meine Schwester ist unentspannt. Sie wird mir doch nicht durchdrehen? Der Dämon setzt sich in sie hinein. Den treibe ich ihr schnell aus. Den braucht sie keineswegs. Hart genug, dass sie Unruhe hat. Einem einschüchternden Fabelwesen zu widerstehen ist zu groß. Ich strecke den Arm aus in Richtung des schwarzen Zeitgenossen, drehe meine Hand gegen den Uhrzeigersinn und spreche: »Dämon verschwinde dahin, woher du gekommen bist. Weg mit dir. Du hast in einer solchen Seele nichts verloren. Emily ist hübsch und charakterlich einwandfrei. Als eine solche, dürfte sie nicht dein

Beuteschema sein. Nun gehe hinfort«.

Der Dämon macht seine Augen zu Schlitzen, er schaut, wer recht behält. Und das bin ich. Denn nach einigen Sekunden ist er durch die Wand. »Was für ein Depp«, ruft er mir hinterher. Ich nicke ihm höhnisch zu. Sage dann zu Emily, er sei schon verschwunden. Sie meint, klar, sie habe das alles mitverfolgt. Ich habe vergessen, dass sie die Gabe hat. Der Tod von Papa hat ihr doch hart zugesetzt. Der Stress hat sie überwunden und hat die Sache mit der parallelen Welt für sie eröffnet. Ich bemitleide sie. Es hat sie mitgenommen. Dennoch begreift sie heute, was ich früher alles mitgemacht habe. Papa hat immer gesagt, er könne mein Leben nicht für mich übernehmen. Diesen Ausdruck gebe ich an Emily weiter. Ich wolle sie nur warnen, nicht in Selbstmitleid zu fallen. Sie versteht das. Grinst und sagt: »Die andere Welt ist nicht so schlimm wie ich sie vorhin gesehen habe, ja«? Ich nicke ihr zu. Sie werde die helle Atmosphäre mit allen ihren Farben schon bald erkennen. Sie ist bunt, manches Mal grau und schwarz. Was gibt es

Besseres, denn diese Ratschläge? Sie möge die ganze, umfassende Wahrheit mitbekommen. Das bin ich ihr schuldig, nachdem sie mir bei meinem letzten Krankenhausaufenthalt geholfen hat. So hatten sie und Matthias mich am Wochenende dort abgeholt, und zu sich genommen, wo Papa und Mama zu Besuch waren. Ich war miteinbezogen in die Runde, was mir Hoffnung und Zuversicht gebracht hat.

Ihre Wärme und ihr Durchhaltevermögen sind vorbildlich. Sie halten immer zu mir, in allen Lagen und Momenten. Wenn ich grob war und es heute bin.

Diese Familie steht füreinander ein. Im großen Maße. Bin froh, Teil zu sein. Wir haben Symptome, die man nicht versteht. Und da gibt es einige dieser Situationen. Ich habe sie erfahren, erlebt und durchlebt. Sie schocken mich heute weniger, da es früher der Fall war. Meine Medikamente und die Zeit an sich, haben es leichter werden lassen. Einmal die Woche stört dennoch ein grauenhaftes Gefühl, welches ich nicht mehr abzustellen vermag. Dieses dumpfe

Gespür hat die Arznei und die Zeit überlebt. Und ich bin nicht froh darüber. Man versucht zu arbeiten. Das Dichten ist mir möglich, trotzdem nicht im Übermaße. Das ist es, was bei mir funktioniert, wenn man die Berufe abklappert. Ich verdiene ein bisschen damit, die EU schießt ein paar Hundert Euro dazu. So überlebe ich.

Emily setzt sich auf die Couch. Mutter Tina hört uns, kommt aus ihrem Schlafzimmer und grüßt ihre Tochter. »Was ist los«? »Ich habe Geister gesehen. Das ist kein Spaß. Todernst ist das sogar«. Mama erschrickt. Ob denn *ein* Kind mit diesem Leid nicht genug sei?

Ich lege meine Hand auf Tina, um sie ein wenig zurückzuhalten. Diese Art von Konversation ist überhaupt nicht produktiv. Vielmehr werden wir Emily darin einführen. Da die Gabe sie gefunden hat. Ich rufe Oma zur Ruhe auf, da sie plärrt. »Warum weinst du jetzt, Mama«?, fragt ihre Tochter sie. »Max sagt, es gebe hier Schlimmes aber auch Schönes zu erleben. Ich muss jetzt damit leben, nur für meinen Kleinen Dylan wird dies wohl kein Spaß, oder

Max«? Ich schüttele den Kopf. Emily wird weniger produktiv sein denn zuvor. Gott sei Dank ist sie Hausfrau, aber das ist ja ein Beruf für sich. Zumindest teilt sie vieles ein. Dylan ist nicht mehr unbeholfen, mit seinen fünf Jahren. Er wird schon nachsichtig mit Emily sein. Sie wird ihn nicht an vierzehn Stunden am Tag betreuen. Der Kindergarten übernimmt einiges, das ist löblich. Das gibt ihr, Zeiten der Ruhe. Und diese wird sie mit dieser Gabe benötigen. Nach Nächten wie dieser.

Kapitel 9

Tina ist ein wenig gestresst. Um sich aber nicht zu versteifen und die Situation zu lockern, nimmt sie Emily in den Arm. Diese stöhnt und bedankt sich für Mamas Unterstützung. Laut Oma sei das kein Problem, obwohl sie von mir erfahren hat, dass es eine Schwierigkeit ist. Ich sehe, wie Klaus Peter beiden seine Hände auf die Schultern legt. Mama vernimmt es nicht, Emily aber schon. Sie lächelt. Es sei phänomenal, dass sie Papa spüre. Es habe sich gelohnt, die Gabe zu besitzen. Das denke ich ebenso. »Du wirst in einigen Wochen zurechtkommen. Wenn ich dich einleite«. »Das wäre eine große Hilfe. Ich muss für Dylan funktionieren«. Ich grinse und frage sie, ob der Kleine jetzt schlafe? Emily meint, ihr Liebster und der Sohn lägen in ihren Betten.

Ob sie denn von ihrer neuen Gabe wüssten? Der Junge wisse nichts. Matthias sei eben aufgewacht. Er hat es bemerkt. Ich hoffe für sie, dass ihr Ehemann es akzeptiert. Das macht er schon bei mir. Deshalb bin ich frohen Mutes.

Man möge dem Jungen nicht Übermäßiges zumuten. Zu Beginn nicht. Er wird dennoch an Emilys Gesicht erkennen, wenn sie sich fürchtet und schweißgebadet ist. Ich kenne das von früher, heute trifft es mich sanfter. Dichten fällt mir trotzdem nicht leicht, aber mit Dylan Spiele zu unternehmen funktioniert. Und der Kleine ist froh, wenn er sich mit mir beschäftigt.

Es klingelt es an der Türe. Wer das den sein könne? Ein Geist? frage ich mich. »Kann nicht so schlimm sein«. Emily meint: »Es kann durchaus schlimm sein. Kein Knochenbruch, aber seelische Qualen fürchte ich«. Meine Wenigkeit legt das Ohr an die Türe und lauscht. Hört dabei zwei Personen reden. Ich erkenne, wer das ist und öffne. Da Emily ihre beiden Liebsten sieht, erschrickt sie. »Was macht Ihr denn hier?« Ihr Mann meint, er habe sie aus dem Hause flüchten hören und prompt sei Dylan aufgewacht und habe nach seiner Mama gefragt. Und so sind sie jetzt hier. »Ich dachte mir schon, dass du bei Max und bei Tina bist«, eröffnet Matthias. Emily sagt, sie wolle die beiden da nicht mit hineinziehen.

Ihr Ehemann ist aber aus festem Holz geschnitzt und meint, eine Familie wie diese halte zusammen. Möge kommen, was kommt. In vielen Situation ist er dufte. Ein Mann und Papa wie er im Buche steht. Ich spüre, wie Emily auf diese Gemeinschaft beharrt. Sie lächelt schon wieder. Ich füge an, wir alle sind nach Klaus Peters Tod umso mehr füreinander da. Und das sei ein überwältigendes Gefühl. Sie umarmt zunächst mich, dann schreitet sie zu Matthias und drückt diesen. Sodann gibt sie Dylan einen Kuss auf die Wange.

Der Fünfjährige legt seine Lippen auf die ihren. »Mama, ich habe dich lieb. Papa sagt, du siehst mehr als alle anderen. Weißt du, das ist besser als blind zu sein«. Emily lächelt über diesen Verstand. Matthias wuschelt dem Kleinen durchs Haar. »Bist ein guter Junge«. »Du Papa, bist ein guter Junge«.

Der Angesprochene nimmt Dylan hoch, bis dieser an die Decke greift. Da er ihn wieder runter pflückt, fragt er Emily: »Siehst du jetzt Geister«? Sie sehe in diesem Moment Papa Klaus

Peter. Matthias: »Und was sagt er zu uns? Ist er so stolz wie wir«? »Ja«, antwortet sie. »Er liebt Dylan über alle Maße«. Des Jungen Vater grinst und meint, das hier sei kein übermäßiges Problem. Ihr Bruder, ich, käme doch ebenso zurecht mit derart Talent. »Du musst immer größer sein als die Geister«, sagt er und gibt ihr einen zärtlichen, kleinen Kuss. Es sei ein Vorteil, mit Papa Klaus Peter zu sprechen, denn von ihm könne man lernen.

Ich stelle mir vor, wie schlau Bruder Harry heute ist, nachdem er von Papa gelernt hat. Ich war lange unvermögend. Sah Vater nicht über die Schultern. Hätte besser zugehört und erkannt. Aber ich war nicht so weit. In diesen Jahren freue ich mich, die Gabe zu haben, ansonsten wäre die Strecke blass geblieben. Heute lehrt Papa meine Wenigkeit so einiges. Bald werde ich auf dem Niveau von Emily und Harry sein. Seit Klaus Peters Krankheit fühle ich zwar ein bisschen, doch nach dessen Tod habe ich Weisheiten aufgeschnappt. Dadurch entstehen witzige Momente. Und Papa sieht das sportlich.

Vielmehr ist er ebenso lustig. Trotz seinem Tod. Er freut sich und ist schlau, was mich erstaunen und schmunzeln lässt. »Solch einen Vater haben nicht viele«, sage ich. Matthias strahlt. Emily schrickt auf.

Wie ich vor einigen Jahren so oft in Gedanken war. Deshalb sieht jemand wie ich gleich, dass sie da drinsteckt. Da sie durch meinen Satz erwacht, füge ich an: »Nicht wahr, Emily«? Sie nickt. »Unser Papa ist der Beste. Er ist immer für uns da, selbst jetzt, nach seinem irdischen Tod«. Mama Tina sagt: »Er war immer an unserer Seite und ich würde mich freuen ihn sehen zu können«.

»Wir können dir von ihm berichten«.

Aber es sei anders ihn zu hören.

Das bestätigen wir. Sie möge es doch probieren, denke ich. »Mama, gib nicht auf. Sieh nur an Emily und mir, dass es möglich ist. Früher oder später«.

Wenn ich eine Chance sähe, sie zum Sehen und Hören zu führen, dann läge man es jetzt offen. Das Ganze sei kompliziert, kommt es von mir. Ich würde aber darüber nachdenken.

Mama Tina strahlt über beide Ohren. Ich bin in der Bringschuld. Und werde sie zum Hören und Sehen bringen. Wenn dies das Letzte ist, was von mir ausgeht.

Kapitel 10

Der kleine Dylan umarmt Oma, versucht, sie zu trösten. Aus dem Augenwinkel erkennt er Klaus Peter. Dieser streichelt ihm übers Haar. »Wow, Mama. Opa ist da. Ich sehe ihn«. Kinder in seinem Alter erkennen schon mal gerne die andere Welt. So ist es bei Dylan. Er phantasiert nicht. Diese Gabe ist gesund, da er sich wohlfühlt. Würde man aber Qualen ausgesetzt sein, dann macht es keinen Spaß mehr.

Dylan nimmt Opas durchsichtige Hand und setzt sich mit ihm auf unsere Couch. Emily grinst, denn sie schaut hin. Sieht, wie ihr kleines Genie Klaus Peter berührt. Opa selbst strahlt wie ein Pferd und meint: »Er ist schon jetzt ein toller Bursche. Was sagt ihr? Haben wir das gut gemacht? Ist es schön geworden mit Dylan. Dabei ist er auch noch so süß. Ich bin froh, ein solches Enkelkind zu haben«. Oma Tina fügt an, die anderen Enkel seien doch ebenso lieb. Opa nickt ihr zu. Er war gestern bei Harry, um das Haus mit weiteren Engeln zu segnen. Dazu habe er Weihrauch ins Spiel gebracht. Das habe er sich im Himmel abgeschaut. Er habe den Rauch von dort mitgebracht und er habe ungemein geduftet.

Opa gibt sich mehr denn zuvor den Ritualen der Kirche hin. Früher war er in einer solchen stets eingeschlafen. Zwar besucht er heute keinen Gottesdienst. Aber Gott hat ihn lieb und lässt es ihm durchgehen.

Klaus Peter schlägt vor, sich einen Kaffee zu genehmigen. Er würde eine Tasse herunterkippen, was er jetzt vollbringt. Er gießt das Koffeingetränk in sich hinein und siehe da: Das Gesöff bleibt in ihm drin. Er streichelt sich über den Bauch und meint lässig: »Oh, habe ich das vermisst. Das gibt es nur auf der Erde, meine Lieben. Alles Suchtmachende ist aus dem Reich der Toten ausgeschlossen worden«.

»Na, dann genieß ihn umso mehr«, sage ich zu Opa. »Kannst für einen Kaffee zu uns stoßen, um halb drei am Nachmittag«. Manchmal gebe es Kuchen oder Kekse und Opa genoss das schon immer. Es gibt so vieles, was Opa liebt und einiges, was er sich bewahrt hat.

Ich frage ihn ob er rauche. Er meint, der Entzug sei vorüber, er brauche die Kippen nicht mehr. Emily klatscht in die Hände, sie ist froh über diese Aussage. Die Zigaretten haben dem Opa den Krebs beschert und ihn damit zum Tode getrieben. »Das ist nicht bewiesen«, meine ich halblaut, setze mich zu Opa und Dylan auf die Couch und streichle Klaus Peter über sein Haupt. Ihn freut es, dass ich zu ihm halte und dass ich ihn und seine Zigaretten früher, nicht schuldig spreche. Wir haben einiges versucht, um ihn zu retten. Und er hat mit vielem mitgemacht, was wir recherchiert haben. Doch nach siebzehn Jahren mit dem Krebs ist seit wenigen Tagen sein Leben vorbei. Für Dylan, Emily und mich, ist es nicht das Ende. Ich sehe, wie mein Vater den Kopf hängen lässt. Seine Tochter zwinkert ihm zu und meint an ihn gerichtet, er möge null Schuld an sich suchen. Er habe sein Leben perfekt gelebt. Und sie hat recht. Von Papa kam kein Argwohn, Ärger oder Wut.

Matthias reicht Opa die Hand, ohne ihn zu sehen, sondern nur mit dem Gespür dafür, wo

Klaus Peter jetzt steht. Sodann erhellt sich sein Gesicht, da Opa seine Finger, in die seines Schwiegersohnes legt. Ich erkenne einen roten Schein zwischen ihren ihnen, das ist die Energie, die beide hineinbringen. »Ja, Matthias. Jetzt spürst du es, oder«? Opas Schwiegersohn lächelt und meint, er habe großen Respekt vor Klaus Peter. Ich sage: »Ich denke, unser Papa hat dich gerne, Matthias«. »Ehrlich«? fragt er. Emily grinst und sagt: »Unser Matthias macht nur Spaß, er weiß nur zu gut, wie ihn Opa sieht. Mein Matthias ist in Menschenkenntnis sehr gut«.

Ich nicke, denn Emilys Mann ist der Schlauste unter uns. Nicht zuletzt, weil er Manager eines Bundesligavereins ist, sieht der Kenner, wie diese Person so tickt. Er hat Mut und Kraft in sich, äußert immer, was er in sich hat. Bei ihm sind wir sicher, woran man ist. Die Späße versteht nicht jeder und seinen Standpunkt legt er stets offen dar. So mutig bin ich nicht. Wenn mir einer schroff kommt, bin ich oft sprachlos. Emilys Mann aber lässt sich nichts vormachen. Es hat einen gewissen Charme. Nicht nur dafür lobe ich ihn heute. Früher habe ich Spaß keineswegs verstanden, hatte wenig Respekt für Papa und Matthias. War nie auf Augenhöhe. Jetzt aber schon. Mir ist vieles offenbart worden. Ich werde allen Menschen auf gleicher Stufe begegnen, das ist ehrlicher und mutiger.

Dylan hüpft mit dem Popo auf der Couch auf und ab. »Ihm geht es aber gut«, sage ich. »Unser Bube hat alles was man als Mensch benötigt. Schon jetzt hat er das«. Das schmeichelt nicht nur dem Jungen selbst, seine Eltern hören das gerne. Matthias reicht mir die Faust und ich stoße meine auf die seine. Ein Gruß, der heute Gang und gäbe scheint. Ich habe mich damit arrangiert. Einige andere nicht. Opa Klaus Peter streckt Emily die Handfläche hin, sie greift hinein und sagt: »Opa hat ja kein Corona«. Das hat er wahrlich nicht.

Kapitel 11

»Mama. Ich will Opa wieder sehen. Ich mag ihn doch so. Warum ist er jetzt verschwunden«? Emily lächelt über ihren Sohn, der zuckersüß strahlt und auf eine Antwort wartet. Es dauert nur kurz, dann hat Matthias eine Idee. »Weißt du, Dylan. Opa ist nur mal schlafen gegangen. War doch ein langer Tag. Okay? Schau mal da auf die Uhr. Du siehst doch, wie spät es ist. Morgen früh ist er wieder da, bei dir. Du siehst ihn doch«? »Ja, Papa. Ich kann Opa sehen. Aber gerade jetzt nicht. Er ist verschwunden«. Emily meint, sein Vater habe recht. Opa müsse sich ausruhen. Denn Engel müssten ebenso schlafen.

Ich habe zuvor niemals herausbekommen, wie Himmelsbewohner ruhen. Bin mir nicht sicher. Aber morgen früh werden wir Opa ausfragen. Matthias hat keine Ahnung. Das eben war seiner Phantasie geschuldet und Dylan schluckt sie sanft hinunter. Seine Mama nimmt ihn in den Arm. Er küsst sie auf die Lippen und lächelt sie an. »Lasst uns einen Kaffee trinken«, meine ich brüsk. Unsere Familie liebt dieses Gesöff dermaßen. Ich gönne mir sechs Tassen am Tag und in dieser Nacht benötigen wir einen weiteren Schub Koffein. Bin mir sicher, alle werden jetzt einen lieben und so warte ich nicht ab, den Kaffeevollautomaten zu betätigen. Bohnen und Wasser sind vorhanden, Emily ist die Erste, die versorgt wird. Matthias und Tina sind die Nächsten. Und ich. Dylan schaut sich den Augenblick genau an und fügt an, er werde nicht dermaßen Kaffee schlürfen, wenn er groß ist. Ich meine, das könne sich bis dahin wieder ändern. Zum Rauchen werden wir ihn aber nicht anstacheln. Er sieht, wie ich an der Tasse nippe, einen Schluck nehme, ihn ansehe. Alle Mitglieder der Familie sind sich einig, dass unser Dylan Zucker ist, und schlau dazu. Er ist sich dessen bewusst und nutzt es. Es gibt keine Woche, in der ich nicht mit ihm tobe. Wenn Tina ihn und Emily zum Mittagessen einlädt, da nimmt er meine Hand und führt mich ins Wohnzimmer. »Komm spielen, Max«, kommt es dann immer. Wer sagt da schon nein? Ich bringe es manchmal übers Herz, aber oft nicht. »Oh«. Ich bin überrascht. »Papa ist wieder da. Möchtest du auch noch eine Tasse«? Ich warte es nicht ab, Koffein schadet Klaus Peter jetzt nicht mehr. Und er ist glücklicher denn ohne. Er lächelt und schlürft in langsamen Zügen. Der Kaffee leert sich. Opa begibt sich auf die Couch, neben Dylan, dessen Mutter setzt sich dazu. »Papa«, sagt Emily Robertson. »Dir geht es doch gut, da wo du bist? Ich meine, abgesehen von diesen Gestalten auf dem Friedhof ist doch alles in Ordnung, oder«? Klaus Peter streckt sich über Dylan zu seiner Prinzessin hinüber und legt ihr seine Hand auf den Oberschenkel. Er meint, er werde diese verfluchten Geister schon in Schach halten. Jetzt da er wisse, dass sie ihm keineswegs Großes anhaben werden. »Genau, Opa«, kommt es vom Fünfjährigen. Die Bösen sind schwächer denn wir«. »Opa: »Wenn das so ist, mein Kleiner, dann kann mir gar nichts Schlimmes passieren«. Dylan sagt: »Wir sind immer die Gewinner, weißt du das, Opa«? Klaus Peter überlegt. Was würde er ihm vorsetzen, was den Buben nicht vor den Kopf stößt, aber der Wahrheit nahekommt? »Wir siegen, wenn wir es wollen und wenn wir es gut machen. Wenn wir gut kämpfen«. Emily schmunzelt. »Siehst du, Dylan. Was Opa macht ist immer gut«. Sie hat etwas übertrieben, denke ich, spreche es dennoch nicht aus. Opa vor den Kopf zu stoßen wäre eine Blamage für den Himmelsbewohner. Das hat er nicht verdient. Emily trägt weiter auf: »Unser Opa kann alles reparieren, Dylan. Weißt du das«? »Das weiß ich schon, Mama. Wenn ich etwas kaputtmache, repariert das Opa für mich«. Klaus Peter antwortet: »Jetzt kann das dein Onkel Maximilian tun. Er hat gute Hände erhalten, während meiner Krankheit. Hat mir über die Schulter geschaut. Sicherlich weiß er noch nicht viel, aber einiges schon«.

Dylan lacht. Was bringt ihn so in Freude? »Onkel Max weiß nicht viel? Okay, Opa? Du kannst alles, aber Max nicht«. Mein Papa wird mir nicht vor den Kopf stoßen. Er verteidigt mich vehement. Ich sei talentiert, meint Opa, kommt zu mir und lächelt. Es ist sein persönlichstes

Lächeln.

Wir alle wissen um seinen Charakter, der leicht und lässig ist. Welcher Mensch wird ihm das verübeln? Er ist überall beliebt. Wird im Himmel Freunde haben. Für mich sehe ich da weniger Potential. Opa Klaus Peter aber ist handzahm und nett. Und er vollführt Späße, wie Emilys Mann. Sie ziehen sich stets damit auf.

Opa erhebt sich, macht einen Schritt auf Matthias zu und bietet ihm einen Gruß an. Emily gibt ihrem Mann zu verstehen, er möge Klaus Peter die Hand geben, denn Opa lobt ihn vor dem Herrn. Sie stoßen sich die Fäuste »Sagt er etwas zu mir«? fragt Emilys Ehemann. Sie hört hin, da Opa spricht: »Matthias, du bist mir wie ein eigener Sohn geworden. Erkennst meinen Spaß und meinen Mut«. Emily wiederholt diese Worte vor allen. Ihr Mann grinst. »Sag bitte Klaus Peter, ich habe einiges von ihm gelernt«. Von mir kommt, dass Opa ihn zu hören vermag. »Oh«, meint Emilys Gatte und runzelt die Stirn. Es sind hier Matthias und Tina, die die Gabe nicht haben. Wir anderen sind in der Lage, mit der parallelen Welt zu kommunizieren. Dylan, weil er es kindlich in sich hat. Emily durch den Tod von Klaus Peter. Und ich habe es seit zwei Jahrzehnten. War scheu, was mir missfiel. Damals habe ich es verändert. Heute bin ich mutiger und offener. Rede nicht immer aber oft. Der Preis ist die Gabe, die mir ebenso die Hölle bescherte. Ich hatte es erzwungen. Doch die Krankheit ist die Investition für ein besseres Leben. Sehe mich groß, damals war ich klein und unbedeutend. Bin heute am Ziel angelangt. Jetzt, würde ich sterben, wäre meine Wenigkeit nicht traurig, denn Opa wartet schon auf der anderen Seite auf seinen ersten Sohn. Das zu Papier bringen von Gedichten aber und die Familie ziehen mich davon zurück. Manchmal gleite ich weg, dann spannt man die Muskulatur zusammen und so behält man sein Leben. Das habe ich jeden Abend, und ich bringe es nicht übers Herz, hinüberzugehen.

Kapitel 12

Matthias hat eine weitere Frage an Opa. Demnach ist ein kleiner Sohn schon mal patzig und prompt passiere etwas. Sie werden nicht jede Sekunde ihre Augen auf das Kind richten. Ob denn Opa dazu bereit sei, seine schützende Hand über Dylan zu halten? Wie das funktionieren könne, wisse er zwar nicht. Wäre es denkbar, die Gefahr von dem Kleinen abzuhalten?

Opas Verstand rattert auf Hochtouren. Ich stelle mir vor, wie er aufpasst. Aber nicht den ganzen Tag über. Und was ist mit den Träumen in der Nacht? Diese jagen einem Jungen schon Angst ein. In seinem Alter wird das psychische Spätfolgen haben.

Papa Klaus Peter sagt in die Runde: »Ich passe auf, für eine halbe Stunde oder so. Aber an Dylan festhängen? Das ist nicht machbar«.

Matthias ist kein Angsthase. Doch ein Sohn ist etwas Wichtiges. Kleine Unfälle könnten geschehen, ein Großer wäre furchtbar. Da Opa das hört, legt er seine Hand auf des

Schwiegersohns Kopf. Er beruhigt sich.

»Macht euch keine Sorgen. Riesige schlechte Dinge werden nicht passieren. Ich werde es so einrichten für uns alle«.

Emily lächelt und gibt Klaus Peter einen imaginären Kuss auf die Lippen. Ihr Vater ist immer wichtig für sie und dabei wird es bleiben. Wenn Opa sich für uns einsetze, dann liebe sie ihn umso mehr. Da Papa diese Worte vernimmt, umarmt er seine Prinzessin, seine Tochter. Sie genießt die Wärme in der Umarmung. Sie sieht Klaus Peter zwar, mit einem menschlichen Körper wäre das schon anders. »Wenn du in einer irdischen Gestalt vor uns stündest, Papa. Aber das ist nicht möglich und ich möchte Gott da auch nicht hineinpfuschen«. Ich erkenne, dass sie einiges fordert, doch nicht um Biegen und Brechen und das rechnen wir ihr hoch an. Meine Wenigkeit kennt den Allmächtigen schon, er ist gerecht und lieb, manches Mal läuft ihm ein Groll über.

Ich sage zu Emily: »Schwester. Du wirst Gott bald kennenlernen. In allem, wie er handelt und was er spricht, wirst du ihn erfahren«.

Sie ist einverstanden. Sie hätte den Allmächtigen niemals unter Druck gesetzt. »Ich habe meinen Dickkopf, höre aber gut zu und lasse mir was sagen. Also: Wenn Dylan nichts groß Schlimmes passiert, dann wäre ich schon zufrieden für den heutigen Tag«. Ihr Mann, Matthias fügt an: »Morgen aber willst du schon wieder etwas«. »Darf man keine Wünsche haben«? fragt sie munter. Die Sache mit den Geistern hat sie jetzt im Kopf nach hinten geschoben. Ich erkenne das, sie hat keinerlei Furcht mehr.

Dylan scheint mir ebenso lässig zu sein. Ihn hat die Nacht auf dem Friedhof nicht erschüttert. Wenn ein Kind so damit umgeht, dann bin ich froh. Ich habe ihn lieb. Würde er leiden, wäre das für mich furchtbar.

Matthias hat meine Verbindung mit Dylan längst im Gespür. Er hat nichts dagegen. Wenn sie bei uns zu Besuch sind und er sich zurückzieht, spiele ich mit dem Kleinen. Später nimmt er sich Zeit für seinen Sohn. Alles kein

Problem. Die Sache ist unter Männern längst geklärt.

»Also«, sagt Papa Klaus Peter. »Ich bin zum Kaffee wieder da. Werde mich nun erneut zurückziehen. Ich schlage vor, wir alle gehen zu Bett. Morgen wird ein schöner Tag. Ich sehe es schon kommen«.

Emily grinst. »Unser Papa hat es im Gespür. Weißt du denn schon, was wir für morgen geplant haben? Du würdest es nicht fühlen, hättest du nicht eine Vision, nicht wahr«?

Ja, er wisse, was auf uns zu komme. So etwas wie eine Vorsehung aber könne er nicht erhalten. Soweit sei er nicht.

Von mir kommt in die Runde: »Ich hatte schon Visionen. Ist kein Hexenwerk. Sie kommen oder sie kommen nicht. In jedem Fall sind sie ein schönes Gefühl«.

Tina schleicht aus der Küche hervor. Sie hat eine Flasche Sekt in den Händen und einige Gläser dafür auf dem Tablett dabei. »Für das alles sollten wir anstoßen. Maximilian, könntest du sie öffnen? Ist doch kein Hexenwerk«. Null Problem, denke ich und nehme die Sektflasche. Dann wird sie geköpft. Der Korken sitzt leicht und ist die kleinste Übung für mich.

Wir lachen und freuen uns des Lebens. So möge es weitergehen. Aber wird es das? Oder warten andere Momente auf uns? Und wenn? Werden sie grausam sein?

Kapitel 13

Ich schlafe aus, erwache um acht am Morgen. Mir schwirrt Charlotte im Kopf herum. Das ist die junge Dame aus dem Eiscafé. Ihr blondes Haar ist beachtlich, denke ich. Sie hat eine Art an sich, mit der sie graziös wirkt. Mannsberg ist nicht sonderlich groß. Ich werde in die Stadtmitte bummeln und mich nach ihr umschauen. Ihren Nachnamen kenne ich nicht. Aber die Boutique um die Ecke findet sie mit Sicherheit dufte. Da suche ich sie zuerst.

Ich betrete den Laden, zwei Meter von der Kasse entfernt sieht Charlotte sich eine jugendlich wirkende Bluse an. Sie ist rot und steht ihr. Wenn sie mich fragt, würde ich ihr zum Kauf raten. Trete an sie heran und sage. »Die Farbe ist ausgezeichnet. Und der Schnitt passt Ihnen wie angegossen«. Ich schaue auf das Preisschild. Vierzig Euros. »Ich bezahle das für Sie, Charlotte«. Sie ist erstaunt. Woher wisse ich ihren Namen? »Vom Eiscafé«. »Ah, genau. Sie waren gut zu mir«. »Ich habe doch gar nichts gemacht«, zwinkere ihr zu. Sie lächelt und mustert meinen Körper. Sie ist in der Lage ihren und anderer Menschen Körperlichkeit fein zu erkennen. Dank mir ist sie ebenso im Reden heute gefühlvoll. Darüber braucht man nicht zu sprechen. Wir beide wissen, dass ich ihr mit dem Italiener geholfen habe. Letztendlich wäre dieser ihr an die Wäsche gegangen und hätte sie nach dem Sex fallenlassen. Sie schaut auf mein Glied. Ich verstehe, dass sie es geortet hat. Und ich habe großes Interesse an ihr. Wie verklickere ich ihr das?

Sie tritt heran und greift mir in den Schritt, sanft und zaghaft. Sie ist sicher im Umgang damit, denke ich und lächele. Drücke mich an sie, was ihr große Freude bereitet. Ihr Körper ist zart. Sie versteht, dass ich sie spüre, und lächelt.

»Wenn Sie mich fragen, fremder Mann, dann haben wir hier eine kleine Liaison, nicht wahr? Ich denke nur, wir verstehen uns körperlich«. »Und seelisch«? Sie meint, sie sei durchgeknallt. Und sie spüre es an meiner

Haltung ebenso. Sie hat recht, bemerke ich. Eine Verrücktheit steht jedem Menschen, nicht allen gefällt sie. »Ich bin dafür, wenn Sie nicht abgeneigt sind«. »Was meinen Sie«?, fragt sie nach. Um die Antwort darzustellen, drücke ich sie erneut heran und betaste ihren Popo. »Sie wollen hoffentlich mehr als das. Sonst hätte ich mich mit Vincenzo zufriedengegeben. Ich will mehr als nur Zärtlichkeiten. Ich bin an Ihrem Kern interessiert. Sind Sie schlau? Haben Sie Manieren? Und helfen Sie einer alten Frau über die Straße«? Ich denke kurz darüber nach. »Habe Manieren und helfe gerne. Und kann mit Ihrer Coolness mithalten. Wenn Sie mich fragen, passt alles gut«. Sie gibt mir einen zarten Kuss auf die rechte Wange. Sie meint, eine gewisse Lässigkeit sei ausschlaggebend. »Ach so. Und bin ich gut genug für Sie? Was sagen Sie«? Sie legt ihre Arme um meine Schultern. Dann seufzt sie. »Nicht so cool wie ich, aber genug, um mir an der Seite stehen zu dürfen«. »Da bin ich aber froh, Charlotte. Dass ich Ihren Ansprüchen genüge«.

Sie lacht aus vollem Rohr und ich

erkenne, dass das cool ist. Sie macht es gelassen. Drückt an meinem Glied. Ich erschrecke. Sie meint: »Wie uncool, dass Sie hier rot anlaufen«.

Ich gestehe, das nicht oft zu haben. »Aber eine Freundin hatten Sie schon mal, oder«?, fragt sie mich.

Nicke und warte ab. Dann lege ich meine Hand in Ihren Schritt. Sie erblasst nicht und wird nicht rot. »Ja, Sie sind wirklich cool, Charlotte. Da kann sich jeder eine Scheibe von abschneiden«.

Charlotte ist auf ihr Äußeres bedacht, aber sie hat einen weichen Kern. Ich liebe es, wie sie mich anschaut. Da erstarrt mein Glied. Ob wir zusammenpassen? »Verdammt«, sage ich. »Wir passen wie Deckel auf Eimer. Sie sind wunderschön und zudem klug. Und Sie gehen mir nicht mehr aus dem Kopf«. Sie meint: »Sie haben einen schlauen Kopf. Nennen Sie mir noch den Namen dazu«? Ich sage ihn ihr. Dann kommt ein Kuss auf ihre Stirn. Leidenschaft und Zartheit, das ist es, was man für sie bereithält. »Ich glaube ich verliebe mich gerade«, gestehe ich. Sie meint, sie spüre da etwas zwischen uns. Und es sei nicht ausschließlich das Glied. Ich lache herzlich und lasse ab von ihrem Schritt. Das Timing ist im Leben entscheidend. Es sagt mir, jetzt nicht zu vulgär vorzugehen.

Charlotte lässt sich die Bluse einpacken und dankt mir für die Großzügigkeit. Sie möge der Anfang von etwas Großem sein. Die junge Dame lächelt. Stellt sich auf die Fußspitzen und küsst meine Stirn. »Wir fangen klein an und lassen es mächtiger werden, Maximilian. Ist doch auch in Ihrem Sinne, oder? Sie sind doch kein Stalker? Oder ein Drängler? Das bekommt mir gar nicht. Zu stur dürfen Sie nicht sein, sonst bin ich morgen weg«.

Meine Güte. Ich brauche schon die Nähe zu einer Partnerin. Wenn sie mir das nimmt, wo stehe ich dann da? Mit Küssen auf der Stirn? Mehr kommt da nicht? So schätze ich sie nicht ein, die liebe Charlotte. Sex wird ihr wichtig sein. Wie macht man das mit ihr? Mit kleinen, sanften Berührungen? Ist das schon alles, was wir erreichen? Das wäre mir eindeutig zu wenig und ich werde ihr das schnellstens verklickern, bevor es tiefer wird.

»Sind Sie kein bisschen sexuell, Charlotte? Ich habe Sie sexuell aktiv eingeschätzt. Und jetzt sagen Sie mir, ich dürfe nicht drängeln«.

Sie gibt zu verstehen, dass ich sie nicht so nehmen könne. Sie durchzuficken sei nicht drin. Zartheit, ja, drübersteigen, nein.

Ich begreife, was sie damit sagt und antworte, es sei nicht meine Art, Frauen durchzunehmen. Ich sähe schon, wie zärtlich wir einander begegnen werden im Bett. Das beruhigte sie. Sie habe da anderes von mir erwartet. Ich bin froh, es ausgeräumt zu haben.

Kapitel 14

»Bis bald«, sage ich, ohne zu drängeln. Sie zieht die Stirn kraus. Hat sie jetzt doch mehr erwartet? Ich werde ihr alles geben. Würde sie gerne zum Essen einladen. Sie nennt mir ihre Adresse und schlägt den nächsten Abend vor. Ich bin dafür und setze ihr zum Abschied einen zärtlichen Kuss auf die Wange links, dann rechts. Sie strahlt. Eine Ausstrahlung hat sie. Das ist mir schon gestern aufgefallen. Heute aber steht die Sonne in ihrem Herzen, welches sie groß auftut. Was wird sie sagen, wenn ich ihr meine Krankheit gestehe. Für mich ist es gleichzeitig eine Gabe. Wie wird es für Charlotte sein? Wann ist der richtige Zeitpunkt für ein Geständnis? Werde ich überhaupt etwas mit ihr anfangen? Würde ihr kein Klotz am Bein sein. Ein Schwerbehinderter, fragt man die Ärzte. Ein Genie, wenn man mich darauf anspricht. Habe die eine oder andere Einschränkung, deshalb bloß nicht eine Last sein. Sie winkt mir zu und nimmt die Straße rechts. Ich nehme die nach links, mit einem Bedauern in mir. Was ist, wenn sie nein sagt? Wie werde ich darauf reagieren? Es scheint mir unklar.

Ich werde Emily fragen. Was würde sie an meiner Stelle sagen? Der direkte Weg zu den Robertsons ist jetzt das Ziel. Ich klingele an der Tür und begrüße zunächst Dylan mit einer Umarmung, dann drücke ich seine Mutter. »Schön, dich zu sehen, Bruder. Hättest ruhig vorher anrufen können. Egal, wir haben gerade Zeit. Kommst du für einen Ratschlag«? Ich frage: »Möchtest *du* denn einen Ratschlag von mir? Oder hast du einen an mich parat«? Sie lächelt und ich trete ins Wohnzimmer ein. Nehme Platz auf der blaugrünen Couch und lasse mir gerne ein Glas Wasser bringen. Emily füllt ein und reicht es Dylan. Der Junge überreicht es mir zaghaft und cool.

Ich bedanke mich und falle mit der Tür ins Haus. Wie lange man denn in einer Partnerschaft warten müsse, um der Frau mein Leben zu offenbaren? Emily meint, sie wisse jetzt mehr über die Gabe Bescheid, der Tod von Klaus Peter habe sie damit in Berührung gebracht. Sie sei froh und wünschte mir, ich gestehe es und habe Erfolg. Ob es für sie ein solcher sei, adressiere ich an Schwester. »Na klar. Ich kann Papa sehen und hören. Das ist spektakulär, Maximilian. Und bisher habe ich keine Nebenwirkungen, wie du sie hast«. Meine, ich habe nur eine davon. Sie lasse aber seit Jahren nicht von mir ab. Sie streichelt mir über die Schulter. Ihr Sohn lächelt und wird von seiner Mutter gestreichelt. Kinder in diesem Alter brauchen Berührungen, das ist für sie lebensnotwendig. Und so streichele ich ebenso Dylan. Er beugt sich zu mir und küsst mich auf die Lippen. Wow, denke ich. Das hat er bislang nie angeleiert. Wir sind uns näher denn zuvor. »Mein großer Freund«, sage ich. Er dann zu mir: »Du bist auch groß, Max«. »Ehrlich? Das siehst du«? frage ich zurück. Er küsst erneut, seine Mama sagt: »Das reicht jetzt, Dylan«. Doch so, wie ich den Jungen kenne, lässt er sich nichts vorschreiben. Er hat seinen eigenen Kopf und das berührt mich seelisch. Ich sage, Emily solle nicht so mit ihm schimpfen. Denn das untergrabe sein

Selbstbewusstsein. Sie versteht das sofort und legt ihre Hand in des Buben Backe. »Tut mir leid, Dylan. Die Mama meint es nicht böse«. »Ich weiß das doch, Mama«, sagt er und gibt Emily einen Schmatzer auf die Lippen.

Zwei Minuten später stellt mir meine Schwester eine Tasse Kaffee hin. Ich trinke davon und frage sie, ob sie heute schon Kontakt mit Vater hatte? Ja, den hatte sie, meint sie und freut sich darüber. »Und was hat Papa gesagt«? »Dass er uns lieb hat und Dylan ganz besonders. Ich musste vorhin weinen, doch Papa hat mir das ausgeredet. Ich dachte, er könne seine Enkel nicht aufwachsen sehen. Er aber widersprach mir. Er sei doch da, meinte er und gab mir einen imaginären Kuss«. »Die Küsse sind wichtig«, sage ich. »Auch wenn wir Papas Kuss kaum spüren können. Es ist ein großes Zeichen für unsere Liebe mit ihm«. »Oh, Mama«, sagt Dylan. »Opa ist da«. Sie meint, sie sehe ihn. Klaus Peter stellt sich neben Emily. Er steht für sie ein. Ich habe nichts dagegen und frage, was er dazu sage, ob ich Charlotte mein Handicap gleich einverleiben solle? »Na klar«, sagt er. »Du bist doch nicht krank. Auch wenn ich das früher gedacht habe. Deine Gabe ist ein Pluspunkt für dich. Gestehe deiner neuen Freundin ruhig deine Gabe. Wenn sie die Richtige ist, wird sie es als was Großes sehen«.

Dylan hat zugehört und fragt mich: »Hast du denn eine Freundin, Max? Darf ich sie sehen? Ich möchte sehen, ob Ihr zusammenpasst. Weißt du, ich kann dir das sofort sagen«. Er habe einen Blick dafür? frage ich zurück. »Na wenn das so ist, dann wirst du sie bald sehen«.

»Aber nicht vergessen«, sagt Dylan und zwinkert mir zu. Er nimmt meine Hand. Wird mich gleich in sein Zimmer führen. »Lass uns spielen, Max«. Ich würde zuerst den Kaffee zu Ende trinken, dann haben wir eine halbe Stunde Zeit. »Au ja«, kommentiert er glücklich.

»Lass uns schon mal darüber nachdenken, was wir gleich spielen«, sagt Dylan. »Wie wäre es mit Weltraum und Astronauten«? schlage ich vor. Er aber meint: »Lass uns doch Dinosaurier im Weltall spielen. Ich liebe Dinosaurier und das

Weltall liebe ich auch. Okay, Max«? »Okay«. Gebe ihm spontan ein Bussi auf die linke Wange. Er windet sich aus meinem Kuss heraus. Es ist ihm ein wenig zu arg mit all den Zärtlichkeiten von mir. Ich zucke zurück. Werde nicht mehr selbst nach einem Schmatzer fragen, wenn es dem Dylan zu arg ist. Ab sofort genügt eine Umarmung.

Da wir zu Ende gespielt haben und ich mich von den Robertsons verabschiede, gibt mir Dylan aus freien Stücken einen Kuss auf meine Lippen. Es ist eine Art Belohnung, weil ich mir Zeit für ihn genommen habe. Von da an ist es immer er selbst, der das Bussi anbietet. Er liebt die Stunden mit mir und ich liebe ihn.

Ich umarme Emily und meine, sie solle die Gabe langsam angehen. Nur nicht alles auf einmal sehen und hören. Sie möge sich immer Zeit nehmen für diese Sache mit der anderen Welt. Opa Klaus Peter bestätigt uns das, nimmt den Ausgang durch die Wohnzimmerwand und sagt nebenbei »Tschüss«. Emily traut ihren Augen kaum. »Papa ist gerade durch die Wand hindurch gegangen, Max«. Ich lache herzlich und sage, das sei bei großen Engeln Gang und gebe. Emily runzelt die Stirn und meint: »Wieder was gelernt«. Ich nicke ihr zu. »Die Gabe ist in unserer Familie wohl normal. Es ist keine Strafe Gottes. Es ist ein Segen. Du wirst bald mehr sehen, als nur, dass Papa durch die Wand geht. Aber bleib geschmeidig. Alles ist gut«.

Sie setzt sich und flüstert vor sich hin: »Nur Geduld, Emily Robertson. Max hat recht. Es ist ganz normal bei uns«.

Ich recke mich zu ihr hin und gebe ihr meine Faust zum Gruß. Sie aber umarmt lieber. Gibt mir dann einen kleinen Kuss auf die Wange.

Bei jungen Menschen ist das Küsschen auf die Backen normal. Doch ich spüre, dass es Emily dabei ernst ist. Wir halten zusammen. Mit aller Kraft und Liebe. Mit Geduld und rechtem Handeln. Und das werden wir mit einem solchen Kuss steigern.

Da mir Dylan eben schon einen Abschiedskuss gab, winke ich ihm jetzt nur zu. Er gibt mir seine Faust zum Gruß. Ich klopfe mit meiner auf seine. Hinsichtlich Charlotte ist mir alles klar. Ich werde sofort mit ihr reden. Nicht erst morgen Abend. Es möge klargestellt sein, bevor wir den nächsten Schritt angehen.

Kapitel 15

Ich suche auf meinem Smartphone die Adresse von Charlotte heraus. Hatte sie auf dem Gerät gespeichert. Schon einige Minuten später erscheine ich vor ihrer Tür. Ich klingele und sie öffnet. Sie bittet mich herein. Dann zeigt sie mir den Weg nach oben, wo sie ihre Wohnung hat. »Konntest es nicht erwarten. Kein Problem, da bin ich lässig. Gibt es einen besonderen Grund für dein Erscheinen«? »Charlotte. Ich habe ein Geheimnis, welches ich dir anvertrauen möchte. Es ist etwas Delikates. Ich hoffe nur, du schlägst mich deshalb nicht zu Boden«. »So schlimm«? fragt sie zurück und legt mir ihre Hand auf meinen Oberarm. Sie zeigt mir ihre rote Benz-Couch und ich nehme Platz darauf. »Schönes Sofa«, sage ich. Sie verliert ihre Geduld. Dass dies bei Frauen manchmal schnell passiert, ist mir bekannt. Zum Vorbild habe ich Mutter und Schwester. Dank ihnen habe ich das längst gelernt.

Da sich Charlotte setzt, seufze ich. Sie

sieht verärgert drein. Ob jemand gestorben sei? Nein, denke ich. »Es ist etwas Anderes, kein Mord und kein Totschlag. Es hat mit der menschlichen Psyche zu tun«. Sie runzelt die Stirn, wie es bei Papa oft geschieht. Dann fragt sie, ob ich mein Geheimnis mit ihr teilen möge? Sie scheint mir anders zu sein. Könne ich ihr vertrauen? Sie schaut zur Seite. Was denn jetzt sei, frage ich. Sie stammelt vor sich hin und versucht, Folgendes in Erfahrung zu bringen: »Hat es mit Sex zu tun? Hast du eine lockere andere Beziehung«? Ich sage, es ist nicht so. Mehr kommt nicht und sie wähnt sich verarscht. »Raus mit der Sprache«, sagt sie. »Ich werde schon niemandem etwas verraten«. In diesem Moment fühle ich mich unbehaglich. Ob sie es ehrlich meint mit mir? Hat sie eine soziale Ader, oder ist sie egoistisch und folgt nur sich und keinem anderen?

»Was du auch hast. Ich stehe zu dir. Doch mache deinen Mund auf. Besser heute als morgen«. Das verstehe ich und denke genauso wie sie. Alles ausplaudern, jetzt denn später.

Emily hat mir vorhin dazu geraten. Und sie kennt sich mit Menschen aus.

»Wie soll ich anfangen? Ich kann Geister spüren und sehen«.

Charlotte schaut verärgert drein. Was ist das Problem, denke ich. Hat sie eine soziale Ader oder nicht? Was schlummert in ihr?

»So, das kannst du also«, meint sie.

Ich gestehe, dass mein Vater vor wenigen Tagen verstorben sei. Doch das Leben gehe weiter und der Kontakt zu ihm ebenso. Ob sie Verständnis habe. Sie schmunzelt und meint, sie stehe zu mir und ich bin an diesem Morgen der glücklichste Verliebte.

Die Verbindung zu Papa ist genaugenommen anders denn die vor seinem Tode. Dennoch spreche ich mit ihm und das hat für mich einen großen Wert. Sehe ihn transparent vor mir, jeden Tag. Und ich spüre seine warme, tiefe Stimme im Raum. Sie hat Charakter. Ich liebe ihn dafür.

Ich werde Charlotte überzeugen. Dazu kommt mir eine Idee. Werde sie zum Friedhof führen und es demonstrieren. Wird sie die Geister dort antreffen? »Wenn du willst, dann komme heute Abend, wenn es dunkel wird, zum Grab meines Vaters. Vielleicht kannst du eine Verbindung mit der anderen Welt aufbauen. Ich würde mich freuen«. »Ich würde mich auch freuen«, sagt sie. Mir kommt der Moment spanisch vor, doch ich sage ihr das nicht. Irrt unsereiner? Möglich wäre es, dass eine Frau wie sie mein Leben akzeptiert. Ich selbst akzeptiere das, obgleich ich wöchentlich Probleme habe mit der Psyche. Es ist nur die eine Sache, die mich stört. Aber sie ist gravierend. Und ich leide schon darunter.

Charlotte greift mir in den Schritt und grinst. Ist sie oberflächlich? Haben wir ihr die Gefühle mit dem Verstand nicht beigebracht? Ist sie immer nur auf die Körper aus? Was ist mit den Worten? Wo ist ihr Gespür zwischen den Zeilen? Sie braucht es ja nicht ständig zu nutzen. Aber ab und zu schon.

Werde sie darauf vorbereiten. Wie wird sie heute Abend reagieren? Ich sage: »Die Geister werden dich herausfordern. Sie werden versuchen, dich verrückt zu machen. Aber nur wenn du empathisch dazu bist«. Sie meint, da sie Kind war, hatte sie in der Nacht Furcht. Wie ein jeder Zögling, sagt sie. Das stimme, sage ich. Jungen und Mädchen wären empfindlich mit argen Gefühlen, wenn es dunkel wird. Sie meint weiter, da sie erwachsen wurde, sei dies alles verschwunden. Doch sie würde sich das Ganze gerne mal anschauen. Diese Frau ist nicht übel. Sie akzeptiert mein Leben, mit einem jeden Wort aus ihrem Mund. Sie bietet mir einen Kaffee an, den sie schnell aufbrüht. Ich müsse mich beruhigen. Sie habe Mystery-Filme gesehen. Die Sache sei doch normal. Einige Menschen könnten das, meint sie weiter. »Ich weiß nicht wie viele es sind, liebe Charlotte. Aber meine Schwester kann es, seit Papas Tod, auch. Es ist eine fantastische Sache. Aber ich will dir auch gestehen, dass es Nebenwirkungen haben kann«. Sie erschrickt. Mehr wolle ich ihr jetzt nicht dazu sagen. Häppchenweise werde ich sie schon informieren. Sie hat es verdient. Sie ist reizend und nett. Mein Gefühl vorhin hat mich betrügt.

Sie meint es so, wie sie es sagt. Ich lese überhaupt nichts zwischen ihren Zeilen. Sie beherrscht es nicht. Oh Gott. Wann wird sie anfangen, mir ihre Wahrheit mit Gefühl preiszugeben? »Du bist ein wunderschönes Wesen«. Damit fordere ich sie heraus, doch sie versteht es nicht. »Eine tolle Braut«, kommt es dann von mir. Sie würde jetzt verstehen – wenn sie denn gefühlvoll wäre – dass ich sie heirate und dass sie cool ist. Sie begreift nur, dass sie eine geile Frau ist. Das mit dem Ehelichen vernimmt sie gar nicht. Es steckt aber in meinen Worten drin. »Was mache ich nun mit dir«? kommt es aus mir heraus. Sie versteht abermals nicht. Dies bedeutet, dass ich mit ihr zu schlafe gedenke. Sie checkt es nicht. Der liebe, große Gott unterstützt nur gefühlvolle Menschen. Wer ohne Gefühl ist, der hat den Allmächtigen nicht. Charlotte hängt nicht an dem Herrn. Doch sie zieht mich an. Es ist ihr Äußeres. Aber ihr Kern scheint mir ebenso makellos, wenn sie die Wahrheit spricht. Das möge ich bald auseinanderhalten.

Charlotte überreicht mir einen Schokoriegel. Woher kennt sie mein Verlangen nach Süßem? Oder hat sie wie ich diese Vorliebe? Sie sieht mir aus wie eine Zuckerkönigin und ich liebe zarte Menschen. Dylan ist genauso, aber ebenso meines Bruders Kinder. Zuckerig wie Honig. Ich nehme ihr die Schokolade ab, öffne das Zellophan und beiße hinein. »Hm. Du hast meinen Geschmack getroffen, Charlotte«. »Wusste ich es doch«, meint sie daraufhin. Weiter sagt sie, sie habe immer diese Kalorienbomben im Haus. Für sich selbst und für Freunde, da sie hier aufschlagen. Ich werde ihr keinesfalls zur Last fallen, doch umarmen werde ich sie ohnehin. Wenn sie unsereiner zum Freak abstempelt, dann hat das keinen Sinn. Mir scheint aber im Drücken etwas Herzliches drin zu stecken. Immer mehr drängt mich das Gefühl dazu, ihrem Herzen zu vertrauen. Es braucht einen schlauen Menschen hier und jetzt derart zu lügen. Sie ist zwar auf Zack, aber für einen Fake nicht abgebrüht genug. Ich esse den Riegel auf und stecke die Verpackung in die Gesäßtasche meiner

Jeans. Bedanke mich recht herzlich und gebe ihr einen zarten Kuss auf ihre linke Backe. Falls ich Menschenkenntnis habe, so ist Charlotte cool und echt. Das fühle und sehe ich an ihr. Wenn sie nur zwischen den Sätzen spüre, dann wüsste ich mehr über ihr Herz Bescheid. So aber bleiben mir die Ahnung, die Bilder von ihr und das offene Gespräch.

Ich würde sie heute um acht auf dem Friedhof erwarten. Sie bestätigt, dass sie kommen werde. Ich schließe die Wohnungstüre hinter mir.

Dann rufe ich Emily an und sage, alles sei in Ordnung. Charlotte habe herzlich reagiert, obwohl ich ihre Gefühle nicht spüre. Müsse ihren offenen Worten vertrauen. Meine Schwester grinst. Ob ich denn keine Vorahnung habe? Das Ganze höre sich für sie nicht klar an. Ich bestätige ihr, das gleiche Gespür zu haben. Jetzt aber, mit jedem weiteren Satz, wäre man sicherer. »Ich habe sie für heute Abend um acht zum Friedhof gebeten. Wenn ihr kommen wollt«? Emily antwortet, ihr Mann wolle höchstwahrscheinlich diese Charlotte kennenlernen. Er habe die beste

Menschenkenntnis und könne mir mehr sagen. »Und Harry, den kannst du auch rufen. Er wird die Atmosphäre locker halten. Was auch heute Abend dort geschehen möge, Harry lächelt alles weg«. »Ja«, kommt es aus meinem Mund. »So kenne ich ihn auch«.

Wird aber unser Bruder nicht selbst von den Geistern überrannt? Er möge sie weggrinsen. Doch wer werde dunklen Gestalten derart die Stirn bieten? Für mich ist es immer eine Anstrengung, diese Biester in Schach zu halten. Ich rufe Harry auf dem Smartphone an. Er macht Homeoffice, hat aber Zeit. Ich beichte ihm, meiner Freundin von mir erzählt zu haben. Er staunt über den Mut und versucht mehr zu erfahren. Ich wolle ihn dazu holen. Ob er denn heute Abend gegen acht auf dem Friedhof in Mannsberg aufschlage? Er lächelt durch das Telefon und meint, wenn mir das so wichtig sei, dann wäre er pünktlich da.

Seine Frau würde sich um die Kinder kümmern, sie ins Bett bringen. Er werde sich für eine Stunde freischaffen. Er wisse zwar selbst wenig über meine Gabe, aber er sei ja nicht auf den Kopf gefallen. Er werde eins und zwei zusammenzählen.

Kapitel 16

Ich lege auf und trete den Nachhauseweg an. Mama Tina, nimmt das Frühstück ein. Ich geselle mich dazu, esse eine Banane und trinke die dritte Tasse Kaffee. Ich werde ihr sagen, dass Klaus Peter sie liebt, doch bringe es nicht aus meinem Munde, obgleich sein Wort die Wahrheit ist.

Sie würde Tränen vergießen, wenn ich von Papa erzähle. Von seiner Engelszeit. Und wie liebevoll er sie ansieht. Er kennt Tinas Wert. Sie ist hilfsbereit, so wie er selbst es ist. Sie ist loyal und beständig. Hat zwar die eine oder andere Macke, aber wer hat die nicht. Ich liebe Mama Tina und Papa Klaus Peter ist froh, dass sie Hilfe von mir hat. Sie hilft ebenso in unserem Alltag und sie steht zu mir. Früher, da ich in Psychosen drinsteckte, war sie immer bereit, meine Wenigkeit aufzunehmen und zu trösten. Sie war fürsorglich mit mir, so wie Klaus Peter es war. Und heute fühle ich mich deutlich besser. Die Jahre haben eben die Nebenwirkungen dieser Gabe gemildert. Würde es so bleiben, wäre ich glücklicher denn vor einiger Zeit, wo unsereiner von Geistern geschlagen wurde. Ich höre ihre Stimmen sanft, nicht so laut und grob und andauernd wie damals.

Kaum trete ich auf den Friedhof, kommt Gesäusel von Toten. Sie werden mir nichts antun, denke ich laut. Doch ein Geist, der hier herumschwirrt, lässt nicht locker. Er wiederholt die Sätze »Hallo, Max. Du bist ein Narr. Ein Narr bist du«. Er hört nicht mehr auf damit und da ist unsereiner wieder da, wo ich vor fünf Jahren war. »Ein Narr bist du, Max. kannst gleich sterben. Wenn du mich fragst ist dein Leben nichts wert«.

Der Geist setzt sich auf einen Grabstein. Legt seine Faust unter sein Kinn. Ich sage zu ihm folgenden Satz, ohne meine Lippen zu bewegen: »Du bist ein Schuft, ein solcher bist du«. Er möge wissen, dass ich ihm nicht angehöre, und nicht dem Teufel persönlich. Die Lage ist dennoch schwierig. Dieser Dämon ist schlau. Er hat zwar keine Manieren, doch er ist sich bewusst, wie er mich zu ärgern vermag. Ich trete vor Klaus Peters Grab und rufe ihn herbei, ohne die Stimme zu benutzen. Nur mit dem Gefühl.

Papa erscheint und ich stöhne und schwitze vor Qualen, welche mir dieser verdammte Geist beschert, der nur wenige Meter entfernt sitzt. Klaus Peter fragt, weshalb ich ein solch schmieriges Gesicht habe? Es sei kein Sommer und am Abend sei es kühl. Ich werde es ihm erklären. Nur er würde unsereiner verstehen. »Papa. Ein Geist spricht immer wieder zu mir, ohne eine Pause zu machen«. Klaus Peter gibt von sich, das sei ein Negatives meiner Gabe. Und so habe ich damit die zweite solche Qual. »Ja. Zuerst die Unruhe jede Woche, jetzt noch das hinzu. Ich kann das nicht verkraften. Die Unruhe kommt jetzt hart und das hier ist beinahe genauso schwerwiegend«. Klaus Peter überlegt, setzt sich dazu auf seinen Grabstein und legt die Faust unters Kinn, so wie die Bestie eben. Der Geist, der mich belagert, sieht es nicht ein. Keiner dürfe ihn nachäffen, meint er. Jetzt liegt es an mir. Ich wiederhole die Sätze »Du bist ein kleiner Taugenichts. Kehre zurück in die Hölle, denn dort gehörst du hin«. Er greift sich mit beiden

Händen an den Kopf. Er quält sich. Und doch verkraftet er es so mittelmäßig, da er weiter auf mich einspricht. Immer die gleichen Sätze. »Du bist ein Narr. Sterbe jetzt und hier«.

Ich erkenne Dylan und Emily eintreten. Beide lächeln. Sind froh, uns zu sehen. Ich schaue zu Boden und greife mir an die Stirn. Kriege kein Wort raus. Schwester sieht das und fragt, ob das die Unruhe sei. Ich verneine. Es ist etwas Neues. Ein Geist rede demnach beharrlich dieselben Sätze. »Ich werde noch verrückt«, sage ich. Mehr, denn das kommt erst einmal nicht. Und Emily scheint verwirrt. Dylan sieht mich leiden, da ich den Kopf nach links und rechts schwenke. »Max«, sagt er dann. »Ich scheuche das Böse schon weg. Kein Problem. Das ist jetzt meine Mission«. Der Junge lässt sich nicht lumpen. Er benutzt seine Hände und seine zarte Stimme dazu. Da wird der Geist gar nichts Anderes reden und dem lieblichen Dylan Folge leisten.

»Du bist einfach super«, sage ich zu ihm und entspanne mich augenblicklich. Die Muskeln lockern sich und meine Zunge ebenso.

Ich danke dem Fünfjährigen für seine Fürsorge und Hilfe. Er sei ja ein Zauberer wie Merlin. »Nein«, sagt er. »Ich bin noch größer als dieser, Max«. Von mir kommt ein Lächeln. Doch der Geist von eben würde bald wiederkommen. Warum geschieht mir das? Möglich, dass die neue Liebe mit Charlotte sensibler macht. Ich fühle ihre Zuneigung, aber ebenso solche kräftigen Bösewichte. Es liegt nicht am Geist, dass ich mich quäle. Es ist meine Sensibilität. Damit hört man mehr denn zuvor.

Ich schnappe mir Dylan. Emily meint, der Kleine könne selbst laufen. Wolle ihn nur mal hochnehmen und drücken. Gleich setze ich ihren Sohn wieder auf den Boden. Ich strecke den Jungen nach oben, was ihn lachen lässt. Dann hebe ich ihn runter und gebe ihm einen Kuss. »Schön, dass du mitgekommen bist«, sage ich zu ihm. Emily sieht den Geist von vorhin auf einem riesigen Baum Platz nehmen. Hoffentlich würde er nicht erneut hier antanzen. Ich verüble ihm, dass er die Hölle lieber hat denn mich. So schrecklich ist unsereiner nicht.

Harry betritt den Friedhof. Er ist allein gekommen. Die Kinder schlafen schon und seine Frau schaut sich »Deutschland sucht den Superstar« an. Mein Bruder sieht zu mir und bedauert mich mit seinem Blick. Er kennt das, wenn man schwitzt durch ein Leiden. Wie er doch mit Migräne zu kämpfen hat. Tabletten helfen da nur bedingt. Er ist dem völlig ausgesetzt. Er hat keine Technik dagegen entwickelt. Ich hingegen habe ein halbes Dutzend davon auf Lager. Jetzt sieht Harry gesund aus. Sein dunkelblondes Haar ist etwas zu lang, doch seine braunen Augen schimmern wie eh und jäh. Er lächelt. Es scheint, denn habe er damit geheilt. Dennoch habe ich schon wieder den Geist auf der Schulter sitzen. Mein Bruder spricht: »Ist es arg schlimm«? Von mir kommt kein Wort, aber ich nicke ihm geflissentlich zu. Er begreift, begrüßt sodann Dylan und Emily. Ich sage zu ihm, Papa Klaus sei hier und dieser grüßt ihn herzlich. Harry grinst. Versteht mich mein Bruder? Ist er empathisch oder grob? Ich kenne seinen Feingeist, den Charme und die

Raffinesse, die er versprüht. Und so scheint er hier genial. Ich spüre seinen Charakter, sein Wesen. Und er klopft mir zärtlich auf den Rücken. Dylan gibt Harry die Hand, denn dieser ist, wie ich, sein Patenonkel. Bruder bückt sich zum Jungen herunter und fragt, ob er etwas Ungewöhnliches sehe oder höre. Unser Neffe nickt. Ja, er erkenne Opa Klaus Peter und nachts in seinem Zimmer habe er Angst vor einem düsteren Tagedieb. »Weißt du denn schon was das bedeutet«? fragt ihn Harry und grinst. Emily meint, ihr Sohn Dylan verstünde eine ganze Menge. Die Kinderärztin beurteile den Jungen positiv. Das freue ihn, sagt Bruder. »Meine beiden Kinder machen mir auch sehr viel Freude«, fügt er hinzu. Das Mädchen ist so alt wie Dylan. Der Sohn, zwei Jahre, liefe schon selbstsicher in der Kita herum. Emily erfreut das. Sie stellt sich die Situation mit dem Kleinen dort vor und meint, klar, Harrys Großer sei eben ein Aufreißer. Dem widerspricht Harry nicht, denn er kennt unsere Schwester. Sein Sohn hat hellblaue Augen, blondes gekräuseltes Haar und ein Grinsen wie ein Großmeister.

»Dich hat er also auch schon gefangen genommen«, so Harry zu Emily. Sie sagt, ihr schmelze ihr Herz, wenn sie ihn ansehe.

Kapitel 17

»Mama. Eis schmilzt. Aber wie tut das ein Herz«? fragt Dylan seine Mutter. Emily lächelt und meint, das sei ein Ausdruck. Sie spüre eben dieses Organ so, wie ein Becher Eis. Wir Erwachsenen streiten nicht mehr darüber, warum etwas so oder so ist. Dylan aber hat Interesse. Versucht, die Zusammenhänge zu begreifen. Dazu redet er wie ein Meister. Ich erkläre ihm gerne einiges. Viele seiner Fragen werden beantwortet. Und ist jemand wie ich eine wichtige Bezugsperson für ihn. Sein Papa hat nicht weniger Zeit mit dem Jungen. Was ich begrüße. Ein Vater stellt eine Beziehung zu seinem Sohn her. Und so ehren sie sich. Wie Matthias ist, wissen wir alle. Ich liebe ihn so, wie er ist. Er nimmt kein Blatt vor den Mund, was ich gutheiße. Wir werden ihn nie klein sehen, aber so ist es mit Klaus Peter genauso. Diesen beiden ist null Schwäche anzusehen. Harry macht ebenso vieles passend, und findet geniale Worte. Ich hingegen trete hin und wieder ins Fettnäpfchen. Die Familie verzeiht mir. Ich bin froh, dass sie loyal mit mir sind. Die Situation jetzt ist klar. Gleich würde Charlotte auftauchen. So wie ich sie kenne, wird sie offen und ehrlich sein, jedem gegenüber. Ich kündige sie mit letzter Kraft vor allen Versammelten an. Emily und Harry meinen, sie wüssten, weshalb ich sie heute Abend benötige. Bruder sagt: »Na dann schauen wir mal, wen du da an Land gezogen hast. Ist sie lieb? Eine solche brauchst du, Max. Keine coole Göre«. Emily grinst und meint, diese Charlotte sei durchaus gelassen. Harry lässt den Kopf hängen. »Sag nicht, sie ist eine Tussi. Die passen nicht zu dir«.

Ich schätze seine Meinung. Er hat recht. Brauche kein Flittchen und diese sind nicht auf mich scharf. Emily fragt: »Welche Tussi ist lange bei dir geblieben? Nicht eine einzige Sie wollen dich keinesfalls, Max. Wir kennen dich schon gut. Du hast Gefühle, aber du bist altmodisch«.

Ich fühle mich schrecklich, mit dem Geist, der hier immer die gleichen Sätze runter stottert. Jetzt kommt das dazu. Ich habe Schweiß im Gesicht und Harry meint, Emily möge einen Gang zurückschalten. Sie sehe doch, wie es mir ginge. »Oh«, gibt Schwester zu verstehen. »Sorry, Max. Ich wusste ja nicht«. Ich werde ihr jetzt vergeben, dennoch: Nicht ein Wort kommt. Gedanken schwirren um den Geist herum. Darum, was er sagt. Er nörgelt mit mir, ich sei nichts wert. Mein Verstand ist überbelastet. Zu diffus ist das hier. Zu schrecklich ist das Gefühl in diesem Körper.

Der Bösewicht fliegt über unseren Köpfen. Damit habe ich kein Problem, doch mit der nervigen Rede schon. Ich strecke den rechten Arm aus, versuche so, den Geist zu verzaubern. Eine Kraft strahlt aus meiner offenen Hand auf ihn über. Er erschrickt und wird einige Meter zurückgeworfen. »Oh, Mama. Der Übeltäter«, sagt Dylan, der die Lage erkennt. Emily sieht, wie der Teufelsanbeter auf dem Hosenboden landet. Der Fünfjährige meint: »Max hat den Geist einfach weggeschmissen«. »So, hat er das«? fragt seine Mutter. Harry kennt seinen Neffen und gesteht: »Dylan würde nie lügen«. »Ja, Mama. Ich lüge nicht. Er hat ihn einfach weggeworfen«. Ich nicke Emily zu. Sie meint: »Kriegst kein Wort heraus«? Ich schüttele den Kopf und sehe den Geist erneut antanzen.

Er ruft mir zu: »Du bist der Auserwählte, Max. Du bist es. Kannst uns hören und sehen. Das ist etwas Besonderes«. Sein Lob läuft mir runter wie Honig. Und Süßes liebe ich.

»Danke sehr. Wie ist dein Name«? versuche ich in Erfahrung zu bringen. Jetzt lebhafter. Der Geist meint: »Phäleon«. Komplizierter ist nicht möglich, oder? denke ich. Ein solcher ist mir bislang nicht untergekommen.

Dem Bösewicht gefällt es, aus der Hölle zu kommen. Denn er sagt, er sei der Größte in dieser und er fühle sich da passend.

Wie man so dreist dem Satan angehört? Jeder Mensch ist anders und hat Fehler und Stärken. Der Geist hört hinein und sagt sodann, er habe keine Schwächen. Meine Güte, denke ich. Er hat diese Gedanken gehört. Ja, er ist ein Großer, welcher viele Talente hat. Neben dem Gedankenlesen ist er fähig, Leute makaber anzugehen. So wie mich hier in diesen Minuten.

Harry meint, er spüre eine negative Energie hier draußen. Ich sage, das sei aber eine Neuigkeit. Bruder schmunzelt über den Humor. »Weißt du, Max. Ich habe ja nicht viel zu tun mit so etwas«. »Dann wird es Zeit«, kommt mir Emily zuvor. Sie vernimmt meine Schwäche und greift hier ein. Harry entschuldigt sich. Er hätte sich schon früher damit befasst. Denn wir sind eine Familie. »Genau«, sagt Schwester. »Und eine solche Gemeinschaft hält zusammen. Diese Geschichte ist zwar makaber, aber sie ist real, Harry«. Emily erzählt dann weiter, sie habe ebenso die Gabe. Bruder erschrickt. Sie sei nicht mehr gesund? »Entschuldige mich«, meint sie, wenn sie seine Erwartungen nicht erfüllen könne. »Nein, nein«, sagt er. »Es ist wegen Papa. Das hat dich aus der Bahn geworfen«. »Genau«, so Emily, die strahlt. Sie hat keine große Sensibilität gegenüber der parallelen Welt. Nur ein wenig, denn sie sieht und hört Klaus Peter. Aber ungesund wirkt sie mir nicht.

Kapitel 18

Harrys Jüngster erscheint mir vor Augen. Welch ein Kerl er ist. Harry meint, er solle von seinem Sohn Torben grüßen. Er sei ja mein Patenkind und ich habe ihm doch zur Taufe damals ein solch großzügiges Geschenk bereitet. Ich stoße Harry freundschaftlich gegen die Schulter. Er grinst aus lauter Liebe zu mir. »Ist Papa da«? fragt er mich sodann. Ich antworte keck: »Du glaubst es also doch«? Er dann: »Was wahr ist, ist wahr«.

So lob ich mir Harry. Sage zu ihm, dass Papa da sei. Er säße genau vor ihm auf einem Stein, der am Rande des Weges liegt. Ist es so, dass unser Bruder immer mehr versteht in Bezug auf die ganze Welt? Früher akzeptierte er nur das, was er sah. Doch ein Herz hat einen Geist, neben dem körperlichen. Das glaube ich unumstößlich und werde mit Harry unbedingt darüber reden. Drängen werde ich ihn keinesfalls. Er liebt es, Zeit zu haben.

»Die Leute sehen den Geist nicht«, sage ich zu ihm. »Die Engel sehen ihn«. Harry holt aus. Demnach erkennen nur Himmelsbewohner die Seele. Dazu sagt er, ich sei ein Schatz. Wie Emily seit Papas Tod. Unsrem Bruder stehen Tränen in den Augen. Er trauert um Klaus Peter. Der erste für ihn wichtige Verstorbene. Ich spüre die Trauer ebenso an Schwester. Sie ist empathisch, da sie Harry so flennen sieht.

Dieser meint, er sei froh, seine eigene Familie gegründet zu haben. Das sei wichtig, er sehe es an Klaus Peter und an uns. Wir hielten zusammen. »Wenn ich alt bin, dann habe ich meine Frau Sophie, meine Tochter Mary und meinen Sohn Torben an meiner Seite. Es genügt nur die Migräne und ich brauche dabei meine Familie an der Seite, die mich unterstützt und tröstet. Papa war für uns da und wir für ihn«. Ich sage, schweißgebadet: »Papa ist immer noch da, Harry«. »Oh, ja. Entschuldigt mich. Es ist neu für mich das zu glauben. Klar, Papa bleibt also bei uns. Das freut mich sehr. Wie sieht er denn heute aus, Emily«? Sie meint, mal so wie letztes Jahr, aber ebenso wie ein Junge. So wie es Klaus Peter beliebt.

Dass Emily mit der Gabe schon soweit ist, erstaunt mich. Und dabei ist sie nicht mal sensibel auf einen Geist wie Phäleon. Sie hört nur gelegentlich. Ich höre an diesem Abend ständig. Und hoffe, das bleibt nicht so. Das wäre echt übel, zumal es mit mir doch in den letzten Jahren besser stand. Was ist geschehen? Ach ja, Papas Tod. Das war die Antwort. Ich gebe aber Papa nicht die Schuld daran. Die Gabe hat mir Gott gegeben, da ich gesucht habe. Und heute sagt man: Ich bin ein fester Charakter.

Emily ist schon lange groß. Sie hat im Berufsleben gelernt, dass man es mit gesteigerter Kommunikation weit bringt. Vor Dylan baute sie eine Karriere auf, verdiente ordentlich und war glücklich. Dass aber ihr Sohn kommen würde, stand für sie lange fest. Und sie liebt ihn heute wie schon bei der Geburt abgöttisch.

Ihr Mann vergöttert Dylan. Denn der Kleine ist menschlich und Zucker dazu. Abgehobene Leute steht Matthias nicht aus. Er selbst ist human gesehen top. Ich würde ihm nichts vorwerfen. Er verdient das Geld für seine

Familie. Und an Wochenenden ist er für Dylan und Emily da. Er verbringt in diesen Tagen die Zeit gerne mit seiner eigenen kleinen Gemeinschaft. Ab und an kommen sie gemeinsam, uns besuchen. Ich plaudere dann mit ihm über Fußball und Politik. Da kennen wir uns beide aus. Ich spreche in solchen Situationen nicht wenig. Aus seiner Sicht heraus, bin ich ein Plappermaul. Bin da mal impulsiv. Doch ich liebe es, mit Matthias zu reden.

»Was macht mein Schwiegersohn«?

fragt Papa Klaus Peter seine Prinzessin. Sie meint, er müsse etwas am Laptop erledigen. Nächstes Mal sei er dabei. Unser Vater gibt von sich, er könne Dylan, Emily, und ihren Ehemann besuchen kommen. Matthias habe doch ein wenig Zeit? »Klar. Du bist herzlich eingeladen. Immer wenn du willst. Und mein Mann mag dich auch, das weißt du, oder Papa«? Klaus Peter grübelt, dann vermerkt er, dass dies die Wahrheit sei. Er liebt seinen Schwiegersohn und er hat Mitleid mit ihm, wegen all der Arbeit. »Ist doch nicht deine Schuld, Papa«. Vater gibt zu bedenken, er selbst habe Matthias darin unterstützt, dass dieser studieren möge. Seine Prinzessin sagt, das war ihres Mannes eigener Wunsch. »Wer studiert, muss schon mehr an die Arbeit«, fügt Emily an.

Da er Manager eines Fußballvereins ist, wird er ausgelastet sein. Im Profisport läuft es schon heiß her. Es ist Matthias` Traumjob, das war er von Anfang an, da ein Headhunter ihn angesprochen hatte. Er hatte kurz mit Emily darüber gesprochen, sodann wurde der Vertrag in Hoffenheim unterzeichnet. Er verdient siebenstellig im Jahr. Sie werden bald ausgesorgt haben. Würde der Schwager dann weiter dort anstellig sein? Oder sich zur Ruhe setzen? Ich sehe, wie ihm dieser Job Spaß macht. Ich denke nicht, dass er die Frührente vorzieht. Wäre doch blöd, nichts mehr zu arbeiten. Apropos Nichtstun: Meine Gedichte schreiben sich schwer. Habe nur wenige Stunden in der Woche dafür. Ich bin nicht fähig, mich voll der Tätigkeit hinzugeben. Das schafft einer wie ich nicht. Und das werde ich Emily unbedingt sagen. Dass sie sich nicht völlig auslasten wird mit der Gabe im Rücken.

Kapitel 19

Erneut fliegt dieser Phäleon an mir vorüber. Er kichert wie ein Waschweib. Solange er sich so zurückhält, ist es okay. Wenn er aber wieder die gleichen Sätze runter rattert, ist es arg um mich bestellt. Dieser Schwerenöter grinst. Er hat eine Aufgabe vor sich. Hat der Satan ihn geschickt? Gibt es diesen Teufel überhaupt? Den Schrecklichsten aller Wesen? Oder hat nicht vielmehr jeder ein Stück Böses in sich?

Dylan sieht herzzerreißend rüber. Er bedauert mich und er vernimmt, wie es um seinen Onkel bestellt ist. Im Moment schweigt er, was eine Ausnahme für ihn ist. Dann aber plappert er: »Meinem Max geht es nicht gut. Er redet gar nichts mehr«. Seine Mutter Emily nimmt ihn hoch und erklärt, der Onkel habe eine schwere Stunde zu ertragen. Wenn Dylan mal groß sei, würde sie ihm alles erzählen. Er sei heute zu jung für diese Art von Wahrheit.

Ich gebe ihr Recht. Ausgesprochen wird es nicht. Der Bengel ist für Schreckliches nicht vorbereitet. Es würde ihm einen Schock versetzen. Oder er wäre cool und nähme es wie ein Mann. Letzteres schien mir plausibler, so kenne ich ihn schon. Er ist mutig und hat für haarsträubende Geschichten ein Ohr. Er hat selbst Phantasie. Das sehe ich daran, wie wir miteinander spielen. Da er und ich Rollenspiele vollbringen. Einmal hat meine Wenigkeit eine kleine Idee. Mal ist er es, der drauf los plaudert. Dieses Gemeinsame schweißt uns immer mehr zusammen. Bin froh darüber, einen solchen Freund zu haben, da ich ja sonst keine anderen habe. Bemerke die Liebe von Dylan für mich, da ich da so stehe und mit dem Phäleon hadere. Das vollführe ich aber in meinem Inneren mit diesem Geist.

Harry sieht Dylans Einfühlungsvermögen und schaut jetzt seinerseits empathisch zu mir herüber. »Sorry, Max. Und ich quassele dich voll über meine Kinder«. Ich habe Verständnis und winke somit ab. Dann der Versuch, einige Worte aus dem Munde hervorzubringen. »Deine Kinder sind toll, Harry. Sie sind nicht schuld, dass es mir schlecht geht«.

Bruder kommt herbei und drückt mich an sich. Er hat Liebe und Zuversicht in sich in diesem Moment, der etwas länger dauert. Ich bin froh, solch einen Menschen zu haben, der alles versteht, ebenso wie durchgedreht ich bin.

Meine Schwester begreift es jetzt mehr, da sie selbst involviert ist. Ihr ist die Verrücktheit in den Kopf gestiegen. Und doch wird sie für Dylan ein gewisses Maß an Normalität parat haben.

»Wisst Ihr«, kommt es von mir. »Ich möchte mit euch ein wenig über unseren Papa reden. Wir alle wissen wie viel Liebe er in sich hatte. Und ich sage euch, heute hat er noch mehr davon«. Ich sehe, wie er seine Flüge ausbreitet und liebevoll und gleichzeitig machtvoll erscheint. Ich meine: »In diesem Moment hat er seine Flügel erhalten vom lieben Gott. Denn heute scheint er mehr denn je aus seinem Herzen heraus. In seinem Mund ist nur Liebe für uns drin. Er spricht wie ein Weiser. Und wie ein Verklärter. Er sieht uns hier stehen und dabei schmunzelt er, wie ein Engel. Ihr alle habt mir früher nicht geglaubt, was das Mysteriöse angeht. Mit der Zeit habe ich euch mit meinen Ausführungen damit vertrauter gemacht. Ihr alle haltet mich nicht mehr für einen Durchgeknallten, dessen Verstand durcheinandergeraten ist. Das alles ist real. Und bald werden auch eure Kinder damit konfrontiert«. Papa fährt erneut die Flügel aus und scheint mutig auf Dylan. Der wiederum sieht Klaus Peter dabei zu und lächelt. »Au ja. Opa ist ein Engel. Mama, er ist wirklich vom Himmel gefallen und ist jetzt als Engel mit uns«. Dann spricht er Großvater selbst an: »Opa. Kannst du auch reden?« Opa nickt. »Hast du mich noch nicht reden gehört als Engel«? »Nein, Opa. Aber jetzt höre ich dich gut«.

Ich sage zum Verständnis für die Anwesenden, dass Dylan Opa eben nicht immer vernehme. Und er sähe ihn nur manchmal. Und doch sind es Augenblicke, die man zusammen erlebt. Ich grinse Emily an, sie setzt ihren Sohn wieder ab und wuschelt ihm durchs Haar. Er lässt es mit sich geschehen. Er hat seine Mama lieb.

Mir gegenüber ist er manchmal borstig, da ich ihn anfasse. Wenn er dagegen ist, dann lässt er es mich wissen. Ebenso alle Anderen. Und das finde ich phänomenal. Er möge seinen eigenen Kopf haben, schon mit fünf Jahren. Er redet nicht wenig, was mir guttut, denn so sehe ich, wie man mit ihm dran ist. Und so habe ich ihn lieb.

Kapitel 20

Da ich so über Dylan nachdenke, kommt mir ein besseres Gefühl. Gott sei Dank. Und Phäleon verzieht sich wieder, mit einem Bedauern. Wenn ich mich durch des Jungen Anwesenheit so fühle, dann wird ein solcher Geist nichts ausrichten.

Da erscheint Charlotte. Mit ihr habe ich gar nicht mehr gerechnet. Aber klar, wir sind verabredet und sie ist hier, verspätet. Sie sieht mich verträumt an. Sie vernimmt nichts Schräges an mir, sonst würde sie ihr Gesicht verziehen. Sie schaut sogar zu mir auf, kommt einige Schritte näher und reicht ihre Hand. Ich lege meine in die ihre und gebe ihr einen Kuss auf die Backe. Sie erkennt Körperliches, wie die Zärtlichkeit auf ihrer Wange. »Schön, dass so viele Leute hier sind«, sagt sie. Ich erkenne ihre Intension und stelle sie der Familie vor. Sie lerne meine Liebsten kennen, obgleich es früh damit sei. Charlotte ist da ungehemmt. »Kein Problem«. Dann kommt sie direkt darauf zu sprechen: »Wo sind denn jetzt diese verfluchten Geister? Max meint, hier gäbe es welche«. Klaus Peter kichert in sich hinein. Ich denke, Matthias würde in diesem Moment mit dem Gleichen aufwarten. Emily kommt Charlotte beträchtlich nahe und gibt Folgendes von sich: »Wenn du sie spüren kannst, dann sag Bescheid«. Meine Freundin sieht grimmig drein. Ich sage: »Du spürst, was sie auch ausdrücken möchte?« Schwester prüfe uns nur. Sie habe das an mich gerichtet. Die junge Dame sagt, dass sie das wisse. »Halleluja«, rufe ich. »Charlotte spürt wieder zwischen den Sätzen, wie schon im Eiscafé«. Meine Angebetete bedankt sich nochmals für den Wink vor dem Eiscafé. Das habe sie weitergebracht. Und endlich könne sie es weitertreiben, mit den Gefühlen in den Worten. Sie brauche zu Beginn nur ein wenig Unterstützung.

»Die kriegst du«, sagt Harry zu ihr, der jetzt begreift, was hier passiert. Er versteht, dass wir Charlotte unter die Arme gegriffen haben und da steht er uns in nichts nach. Er spricht meine Freundin an: »Wenn du willst kannst du mit mir fahren. Ich bring dich Heim«. Sie zwinkert ihm zu und sagt. »Diese Familie ist Goldwert. Gerne komme ich mit«. Emily meint: »Na, wenn wir uns dann einig sind, dann ziehen wir alle an einem Strang«. Ihr Sohn, Dylan, fragt: »Wie meinst du das, Mama«? Sie sagt, diese Gruppe gehöre zusammen, für immer. Das bedeute das. Beim Fünfjährigen macht es klick im Kopf und er begreift. Wenn man ihm alles erklärt, dann lernt er schnell. Ich liebe seine Fragen, nach dem Leben. Und ich antworte ihm gerne, so wie Emily und Matthias es ebenso beherrschen. Harrys Mary fragt uns aber nicht aus. Der kleine Torben macht die ersten Versuche im Sprechen.

Harry mustert Charlotte kurz, das ist heute Abend seine Aufgabe. Er benötigt dreißig Sekunden, dann nimmt er mich an die Seite und meint, diese Dame sei piekfein. Und sie werde sich niemals mit dieser Krankheit abfinden. Ich erschrecke. Ob er das ernsthaft so sehe? Meine Wenigkeit hat sie anders im Blick. Sie verstünde die Sache mit den Geistern. Harry sagt, wenn ich das so vernehme, dann könne er nicht weiterhelfen. Ich möge Emily dazu holen. Gehe einige Schritte auf Schwester zu, und winke sie herbei. Sie erkennt das und eilt hastig zu uns. Harry erklärt ihr, wie er Charlotte sehe. Dylans Mutter sieht dabei kurz zu der Dame hinüber. Den beiden genügt je ein Blick, dann wissen sie schon, wie es in einem Menschen aussieht. Das finde ich phänomenal. Da brauche ich längere Gespräche. Werden sie mir das beibringen? »Ihr könnt Stunden geben. In Menschenkenntnis. Was denkt Ihr dazu«? Emily sagt, wenn ich es bis heute nicht gelernt habe, dann wird es nichts mehr. Meine Wenigkeit senkt den Blick, doch Dylan hat sich angeschlichen und meint: »Ach Max, lass den Kopf nicht hängen«.

Von Emily schallt ein Gelächter, Harry lacht ebenso. Ich grinse. Der Junge ist phänomenal, denke ich mir. »Woher hat er das«? fragt seine Mutter. Alle schweigen. Die anderen hören uns, lachen und kommen heran. Schwester versucht, von Oma zu erfahren, ob sie dem Bengel den Ausdruck »lass den Kopf nicht hängen« beigebracht habe? »Nein, aber Oma Erna hat das bestimmt. Das kann ich mir vorstellen bei ihr«. Emily grinst und meint, ja, sie könne das bei der anderen Oma vor Augen sehen. »Sie ist einfach witzig«. Harry klopft Dylans Mutter auf die Schulter. Er ist schnell beim Begreifen von Aussagen.

Ich nehme Charlotte an die Hand. Werde mit ihr reden. Nachdem Bruder und Schwester gegen sie sind. Werde mir jetzt mein eigenes Bild schaffen. Besser heute denn zu spät.

»Meine Liebste. Sag doch mal. Hast du deine Großeltern lieb«? Sie entgegnet, diese seien altmodisch. Das könne sie nicht gebrauchen. Da erkenne ich, welche Stunden es mit uns schlägt.

Ich fühle mich nicht wie von gestern, die Geschwister und Oma aber bezeugen mir das. Aus meiner Sicht sehe ich modern aus. Wer Max kennt, begreift einen alten Kern. Das bescheinigt mir Klaus Peter, der heranschwebt. Ich lächle, Charlotte sieht das und fragt nach: »Warum lächelst du«? Meine Wenigkeit sähe den verstorbenen Papa. Das bereite ihr Angst, sagt sie daraufhin. »Du spürst ihn, oder«? kommt es von mir. »Deinen Vater? Nein. Doch ich fürchte mich vor deinem jetzigen Blick. Dieser zeigt einen Wahn«. »So siehst du mich also. Und das macht dir plötzlich Angst«. Sie sagt: »Weißt du, jetzt und hier ist es anders. Es ist dunkel und du schaust gruselig drein«.

»Ich sehe nur meinen Papa. Aber gut. Wenn du das nicht verstehen kannst, dann ist es besser wir beenden das jetzt«. »Nein, wir beenden das für immer«, sagt Charlotte und dreht sich von mir weg. Sie scheint trotzig zu sein. Und die Lage ist aussichtslos. Sie ist zu cool für mich. Ich brauche eine Gefährtin, die altmodisch ist, wie ich es bin, schwirrt es in meinem Kopf herum. Aber wo finde ich eine solche? Und geisterfest möge sie sein. Eine unmögliche Aufgabe. Werde das jetzt aussprechen und nehme mir Emily zur Seite. »Ich brauche keine moderne Frau, doch eine widerspenstige, die viel aushält und locker drauf ist. Wo glaubst du finde ich sie«? Schwester lächelt. »Die musst du dir backen, Max«.

»Ach, wie schön. Das Rezept hat unsereins zumindest schon«. Ich suche mir immer die falschen Frauen aus, sagt Emily. Die

Coolen werden mich nicht akzeptieren. Und die Besseren sind nicht lange frei. Aber die Altmodischen interessieren meine Wenigkeit ja nicht, meint sie weiter. »Sorry Schwester. Ich würde dir gerne was anderes sagen. Die Frau für mich muss schon pepp aussehen. Das bricht mir das Genick, nicht wahr«? Emily schmunzelt. Ja, ich sei ja weicher denn früher. Möglich, dass ich einst cool sein werde. »Dann wirst du zuschnappen. Deine Träume sollen ja wahr werden«. »Meine Träume sind noch unerreichbar«. Harry hört das, schmiegt sich an mich und legt mir seine Hand auf den Rücken.

Er meint, er wette, ich würde bald sein wie unser Vater. Dann werden sich die richtigen Frauen schon melden. Ich möge ihm das abnehmen. »Und Papa ist ja cool, kräftig im Charakter. Und er ist groß geblieben in der Liebe. So wirst du sein, Max. denn du hängst an unserem Klaus Peter. Deshalb wirst du ihm ähnlich sein. Okay«?

Kapitel 21

Dylan sieht Opa heranfliegen. Aus lauter Unwissenheit versucht er nach ihm zu greifen. Das funktioniert aber nicht. Seine Hand gleitet durch Klaus Peter. Er probiert es erneut. »Schon wieder«, sagt er. »Opa, warum kann ich dich nicht berühren? Mama, was ist los«? Emily grinst den Kleinen an. Ihr ist bewusst, was hier geschieht. Und es ist an der Zeit, es dem Jungen beizubringen. Mit seinen fünf Jahren begreift er schon einiges. Das hier aber nicht. Und so bückt sich Emily zu ihm herunter und sagt: »Dylan. Du kannst Opa nicht anfassen, weil er keinen Körper hat. Was wir hier sehen, ist seine Seele, die aussieht wie sein früherer Körper. Er war ein Mensch und ist jetzt ein Engel«. »Wie meinst du das, Mama«? Emily kommt nicht weiter und so springt Großvater in die Bresche. »Liebes Enkelkind. Ich bin gestorben und bin ein Engel. Dadurch bin ich durchsichtig«. »Durchsichtig, Opa. Was bedeutet das«? Klaus Peter antwortet: »Das hat keinen Wert. Er ist noch zu jung«.

»Dylan ist hochintelligent«, meint Emily. »Das bestreite ich nicht. Hab ihn lieb. Deinen Dylan«. Sie dann: »Haben wir schon bemerkt«. Ich bücke mich zum Fünfjährigen. »Mein Junge. Lass dir nicht einreden, dass du etwas nicht kannst. Alles kann man lernen«. Er schmunzelt und meint: »Und alles kann man reparieren, wie es Opa tut«. »Genau«, sage ich und drücke ihm einen zarten Kuss auf die Backe. Emilys Sohn lobt Opa damit. Preist ihn immer hoch an. Was ein Opa sich Besseres wünscht, denn Enkelkinder, die einen loben und lieben? Er spricht zu seinem Enkel: »Ich freue mich, dass du mich siehst und hörst. Das wird aber bald vergehen, dann, wenn du kein kleines Kind mehr bist«. Der Junge erschrickt: »Opa. Ich will dich aber immer sehen«. Und so weint Dylan und seine Mutter nimmt ihn hoch. Sie drückt ihren Sohn herzlich und kräftig und versucht, ihn zu beruhigen. Dann sagt sie: »Ich werde dir immer von Opa berichten, denn ich sehe und höre ihn ja auch. Okay? Jetzt weine nicht mehr, Dylan«. Schafft sie es so, ihn gutzustimmen? Der Junge scheint ein versöhnlicheres Gesicht zu ziehen. Die Tränen trocknen wieder und er meint: »Au ja, Mama. Ich kann den Opa durch dich etwas fragen«. »Oder durch mich, Dylan«, füge ich an.

Der Junge beugt sich herüber und gibt mir einen Kuss auf die Lippen. In diesem Moment verlässt Charlotte durchs Tor den Friedhof. Sie hat genug von mir gesehen und gehört. Ich bin es nicht wert ihr Freund genannt zu werden. Sie braucht einen kräftigen Mann an ihrer Seite, der Späße treibt, aber immer phänomenal dabei ist. Ich werde es mir bald vornehmen. Werde ein Großer sein.

Just da, erscheint erneut Phäleon, der Geist. Er fliegt über mir herum und wiederholt den Satz: »Du bist ein Niemand«. Und er sagt dies ohne Unterlass.

Dylan sieht den Geist und nebenher mein Gesicht. Den Spruch nimmt er nicht wahr. Aber alleine durch den Gesichtsausdruck an mir, vernimmt er, was los ist. Er schwingt seine Arme, um Phäleon zu vertreiben. Er schlägt mit den Fäusten nach ihm und ruft dem Bösewicht zu:

»Lass meinen Max in Ruhe«. Ich fühle mich übel an, doch Dylan lässt nicht ab, an dem Geist: »Du böser Schurke. Verschwinde von hier. Wir wollen ohne dich spielen«. Des Widersachers Gesicht verzerrt. Er versucht, dem Fünfjährigen Angst einzujagen, doch dieser lässt sich nicht entmutigen. Klaus Peter presst seine Lippen zusammen und ruft seinem Enkel zu: »Du bist stärker als er. Gib unseren Max nicht auf«. »Ja, Opa«, sagt Dylan. »Max ist mein Kumpel. Wir halten durch«. Opa entgegnet: »Wir sind füreinander da. Die ganze Familie«. Ich lasse mir diese Worte durch den Verstand jagen, der sich warm anfühlt. Gott sei Dank. Opa hat einen Einfluss auf mich. Ich fühle meinen Körper gleich wohler. Zum einen, weil Dylan den Geist verscheucht hat. Zum anderen, da Opa Klaus Peter mir seine Wärme einverleibt.

Emily setzt ihren Sohn wieder auf dem asphaltierten Boden ab. Der Junge versucht erneut, Opa zu berühren. »Das klappt nicht«, sagt er sodann und ärgert sich ein wenig. »Es geht nicht alles nach deinem Kopf«, sage ich freundschaftlich. Er grinst mich an und meint, er wolle das aber so. Emily rubbelt in seinem Haar und küsst ihn auf den Mund. Sie sagt: »Die Natur ist so, wie sie von Gott eingerichtet ist. Diese Naturgesetze sind nun Mal geschaffen. Und nur Gott kann sie verändern«. Ich bin erstaunt. »Woher weißt du das denn, Emily«? »So male ich mir das eben aus, Max. Jeder hat so seine Vorstellung. Das ist meine«. Ich nicke ihr zu, sehe das nicht anders. Sie habe recht. Dann sage ich, die Wahrheit liege im Universum. Und alle könnten sie anzapfen. »Oh«, sagt Emily. »So schön ist das also? Wieder etwas gelernt. Gut, dass du mich in diese Welt weiter einführst«. Ich gestehe ihr: »Gut, dass du *mich* weiterbringst«.

»Kein Problem. Bist doch mein Bruder. Wir verstehen uns doch prächtig«. »So ist es, Emily. Jetzt mehr denn je«.

»Seid ihr Kumpel«? fragt Dylan uns beide. Seine Mutter: »Ja, so kann man es sagen. Du weißt ja schon sehr viel, mein Junge«. »Mama, wir sind alle Freunde, ja? Für immer, oder«? Ich schalte mich ein, wenn Opa ein Engel bliebe und alle ihm einst folgen werden, dann werden wir in Ewigkeit vereint sein. Damit gestehe ich, dass unsereins an das Nirwana glaube, an ihr festhalte. »Bitte«, sage ich. »Keiner soll wiedergeboren werden. Wir bleiben stets zusammen. Opa, ja? Du kommst nicht zurück auf die Erde«? Dylan fragt, was denn dann geschehe, wenn Opa wieder ein Mensch würde? Ich gestehe, so würde Opa Klaus Peter das Leben von heute vergessen«. Der Junge: »Ich will euch aber nicht verlieren«. »Genau«, kommt es aus meinem Munde. »Ich möchte das auch nicht. Dann sind wir uns einig«? Alle Anwesenden nicken mir freudig gestimmt zu und haben den Vorschlag verstanden und eingewilligt. Ich freue mich über die Maße.

Kapitel 22

»Wir werden immer Freunde bleiben«, sagt Dylan und rennt losgelöst davon. Er schlägt nach dem Geist von vorhin, der sich in eine Ecke geschlichen hat. »Du Nichtsnutz«, ruft er Phäleon zu. »Du bist nur böse«. Dem Jungen ist bewusst, wer arglistig ist und wer herzlich. In ihm steckt die Theorie, dass Himmel und Hölle sich zerstreiten. Dass aber die das Positive das einzig Wahre ist. Ich bin froh, dass er nicht dem Bösewicht anhängt. Das wäre zu absurd. Und doch schaut er Filme, die solche Kämpfe zeigen. Es gibt Verwandte, die – nach Dylans Norm – ungut sind. Und ich werde ihm das nicht ausreden. Wer die Wahrheit versteht, ist phänomenal, denke ich und schaue mir den Krieg von dem Jungen und Phäleon an. Des Fünfjährigen Mutter macht sich Sorgen und eilt ihm zur Seite. Sie sieht den Bösewicht und schlägt mit einer wegwerfenden Bewegung zu. Der Geist fliegt im hohen Bogen einige Meter weit und landet auf dem Hosenboden. Dylan lacht ihn herzlich aus, was mir wiederum Freude bereitet. Klaus Peter kommt zum Jungen und streichelt ihm über das Haar. »Das hast du ganz toll gemacht. Du auch, Emily. Ihr gehört wahrlich zu unserer Familie. Das ist klar«.

Harry grinst in sich hinein. Er ist froh, dass Papa derart Worte spricht. Und in mir kommt der Gedanke hoch, den er vorhin von sich gab. Dass ich so sein werde wie Klaus Peter. Das lief mir eben wie Honig runter. Und Harrys Gesichtsausdruck jetzt versetzt mir eine Menge Liebe in mein Herz hinein.

»Harry. Wie werde ich wie Papa? Hast du eine Idee«? Klar hat er die, sehe ich in ihm arbeiten. Er kommt heran und stellt sich neben mich. Dann flüstert er mir zu: »Fühle deinen Körper und fühle diesen, wie Papa es tut. Du wirst spüren, wenn du wie er handelst oder sprichst. Das werden Momente sein, die du bewusst wahrnehmen wirst. Probiere es aus. Machen ist hier die Devise«?

Und so spüre ich jetzt meinen Körper und gehe zu den Anderen, die vor dem Tor stehen.

»Entschuldigung«. Emily meint, ich sage das wie unser Klaus Peter. Und die Erinnerung führt mich an dieses Wort, von Papa einst gesagt. Ja, ich bin wie er. Jetzt. Und werde es immer wieder sein. Denn ich beherrsche, wie man sich wie ein anderer anfühlt.

»Wisst ihr. Ich habe mich nie entschuldigt für mein Handeln im jungen Alter. Ich war stur, grob und gefühlsarm. Langsam aber habe ich es gelernt. Habe mir die Gefühle angeschafft. Es war ein gewisser langer Weg. Aber er hat sich gelohnt. Ich fühle mich großartig. Und ich weiß jetzt, wie sich Papa immer anfühlt. Er ist ein ganz Großer unter uns. Ich bin es nicht wert sein Sohn genannt zu werden. Ich bin froh, dass er sich diese Familie ausgesucht hat für sein Leben. Es ist mir eine Ehre, Papa«. Das erste Mal sehe ich eine Träne an Klaus Peter herunterkullern. Dann presst er die Lippen zusammen. Und macht daraufhin den Mund spitzt, wie um mich zu küssen. Ich tue es ihm gleich und lächele ihn an. »Au ja«, sagt Dylan. »Lasst uns kuscheln. Wir haben uns doch alle lieb«. »So ist es«, entgegnet Emily. Wir legen unsere Arme auf den Nächsten, wie eine Fußballmannschaft vor der Verlängerung. Der Junge ist hierbei der Wortführer, der sagt: »Wir werden alle Geister schlagen. Wir werden alle Bösen besiegen. Mama ist mein bester Soldat, ja? Und Oma Tina auch«. Seine Mutter antwortet ungehemmt: »Wir werden vieles Grausames beseitigen«. Ihr Sohn habe recht. Dieser klatscht mit Emily ab. Harry nimmt sich den Burschen mal hoch. Lässt ihn dann an seiner Brust liegen und meint, er sei froh, solche Menschen um sich zu haben. Erneut kommt mir der Gedanke, den ich ausspreche: »Harry, ich bin deiner nicht wert. Du bist so großartig und ich so doof. Wie werde ich je so groß sein wie du und Papa«? Bruder freut sich über sich und mich, da ich solche Worte spreche. Er gibt Dylan einen zarten Kuss auf die Backe. Klaus Peter streichelt dabei des Fünfjährigen Haupt. »Mein Junge wird aber mit sehr viel Liebe überhäuft«, sagt Emily. Insgeheim ist sie froh darüber. Kinder, die geliebt werden, sind selbst liebevoller und zufriedener. Dazu ist

Dylan selbstbewusst, was seiner Entwicklung nicht schadet.

Harry meint, er wisse, wie Emily, und er, ihre Kleinen erziehen. Das käme dabei heraus. Was er befürwortet. Klar sei das phänomenal, wie sie auf ihre Kinder einwirken, kommt es von mir. Mich selbst eingeschlossen. Denn ich habe Einfluss auf die drei Kids. Auf Dylan, Mary und Torben.

Harry lässt Dylan herunter, um mich zu umarmen. Er schließt meine Wenigkeit in der Erziehung mit ein, denke ich. »Bist doch ein Großer, Max«, sagt er. »Es hat eine Weile gedauert, aber es ist nicht zu spät für dich. Du hast schon jetzt geschafft zu uns zu gehören, tief in dir bist du mit uns verbunden«.

Klaus Peter legt seine Hand auf Harrys Rücken. »Oh«, sagt Bruder. »Mir läuft es hinten schön hinunter«. Das sei Vater, meint Emily. Er stehe uns mit all seiner Liebe zur Seite. Dies freut Harry: »Dann sieht Papa das mit uns und Max genauso«? Ich bin glücklich und sage dabei, ihm ginge es den Rücken runter, da er mich zu uns hinzufüge *und* weil Opa ihn berühre. Praktisch zwei Fliegen mit einer Klatsche geschlagen.

»Papa sieht es genauso, Harry«, sage ich weiter. »Das sieht man Klaus Peter an. Er ist stolz auf sich und auf seine Familie«. Wenn das so sei, so mein Bruder, dann würde er gerne den Kontakt mit Vater pflegen. Das könne er so haben, meint Emily munter.

Harry ist loyal uns gegenüber. Da ist es glasklar, dass wir ihn mit Papa weiterhin verbinden. Gespräche dieser zweien waren immer von Wert. Wo doch die Chance doppelt da sei, mit Emily und mir. Wir werden ihn mit Vaters Worten versorgen. Und er könne seine Anliegen an Klaus Peter richten. Das alles ist kein Hexenwerk. Wenn uns das möglich ist, so wäre es eine Schande Harry da auszuschließen.

Und für Mama Tina werden wir das Gleiche versuchen. Sie sehnt sich am meisten nach ihm. Sie sind Seelenverwandte. Verstehen sich blind. Haben eine ähnliche Stärke und

Vernunft. Aber genauso die Verrücktheit, die ich so schätze.

»Gott sei Dank«, sage ich. »Harry sieht uns also nicht als irre an, ja Harry? Das entnehme ich deinem Vorschlag zum Kontakt mit Vater«.

»Das kannst du dem entnehmen, ja Max. Ich lasse mich darauf ein. Jetzt ist auch Emily zu dem allen fähig. Wie kann ich da sagen, das alles ist Humbug«?

Ich entgegne ihm, es war schon immer wahr. Viele sind nicht offen dafür. Unsere weite Familie vertraut nicht durchweg auf Gott. Es sind sogar Einzelne, die das beherrschen. Mit diesen Worten fühle ich mich dabei übel, suche den Fehler bei meiner Wenigkeit. Schon lange liegt es an mir, sie alle zum Allmächtigen zu führen. Aber wie?

Kapitel 23

Ich frage Harry, ob er etwas Böses spüre. Was er erstaunt nicht beantwortet. Füge hinzu, ob er Geister bemerke. Er schaut in den Himmel. Ja. Das ist es. Die Dunkelheit ist es, wonach ich rufe. Denn die Gestalten gehören der Nacht an. Der Hölle und dem Teufel. Wo ich erneut dabei bin, dass es *den einen* Satan nicht gibt. Jeder hat schwierige Seiten, doch manche haben Böses in sich. Ich wende mich an die ganze Gruppe: »Wisst Ihr, dass selbst Gott sich manchmal einen Teufel nennt? Das weiß ich mit einer Sicherheit, die nicht zu wünschen übriglässt. Er tut somit auch böse Dinge. Und doch geben wir uns in eine Hand, die gerecht und liebevoll ist. Die weiß was sie tut: Unser aller Gott«. »Ja«, so sagt Harry. »Das Ganze habe ich mir auch schon so gedacht, wenn ich ehrlich bin. Und ich denke, dass Gott sich keinen Spaß daraus macht uns zu schaden und zu quälen. Er greift ein, wie es notwendig ist. Er ist die größte Seele im Universum«. In diesem Moment verehre ich den Bruder. Wir sind hier vereint, wie ich es mir immer gewünscht habe. Er steht an meiner rechten Seite und lächelt voller Liebe. Und ich vollführe das Gleiche, sodann stimmt schon die Chemie zwischen uns. Emily errötet. Sie hat Harrys Aussage über Gott so das erste Mal gehört. Sie ist aber nicht abgeneigt, dem zu vertrauen.

Doch zuvor fragt sie unseren Bruder, woher er das wisse. Harry ist da selbstbewusst genug zu antworten. Er habe meditiert und einige Gefühle dieser Art aufgenommen. Dass eine Meditation das Stimmenhören bringt, stelle ich mir vor. Man nimmt dabei Energien aus dem Weltall auf. Lässt sie durch seinen Körper fließen, und das täglich für einige Minuten. »Ich selbst habe es ausprobiert«, kommt es von mir. »Viel konnte ich daraus nicht ziehen, aber ein wenig besser fühlt man sich schon. Doch wenn Harry hier sagt, er habe Stimmen gehört, dann wundert mich das schon«. Bruder senkt den Kopf, richtet sich schnell wieder auf: »Du nennst es also Stimmenhören? Ich fühle dabei eben Gottes Gedanken. Ist das denn schlimm«? »Keineswegs«, sagt Klaus Peter und stellt sich vor seinem Sohn auf. Er streckt seinen Arm nach dem Zweitgeborenen aus. Ich beschreibe Bruder die Situation. Alles sei okay. Dann kommt von mir: »Es ist eine Kommunikation zwischen Menschen und Gott, Harry. Was kann da denn schlimm daran sein? Die Menschen leben mit der Bibel. Wenn dann aber Ähnliches heute geschieht, dann stempeln sie es als total verrückt ab. Als Unwahrheit. Wie kann Gott unwahr sein? Und wenn er wahr ist, warum glauben sie mir nicht, da ich Kontakt mit ihm habe, wie viele Propheten der alten Zeit«? »Genau«, sagt Emily. »Du bist ein Prophet. Das glaube ich dir sofort«. Harry grinst: »Ich glaube das auch. Vielleicht werde ich auch ein Prophet sein. Es liegt ja in der Familie drin. Wie groß ist die Wahrscheinlichkeit es zu bekommen«? Emily hat das recherchiert und meint, beim ganzen Volk ist es zu einem Prozent vorhanden. Da sie es habe, läge man bei zehn von hundert, dass Dylan es ebenso bekäme«.

Sie erhält mein Nicken, und ich bestätige die Zahlen. »Wenn aber beide Elternteile es haben, wird es bei einem Drittel auf das Kind übertragen. Bei Dylan seien es zehn. Es sei demnach bei dem Jungen unwahrscheinlich. Dann füge ich an: »Irgendein Ahne von uns hatte es in sich. Nur so kann es auf uns übertragbar sein. Es muss ja nicht ausgebrochen sein, wie bei Emily und mir. Und es muss nicht bei Dylan ausbrechen. Stress ist da ein Faktor dafür, ob es geschieht oder in uns bleibt«.

Emily seufzt, dann kommt ihr ein Einfall. Sie ergreift das Wort. »Wir kennen doch die Ursache schon von dir, Max. Du hast dich damals richtig verändert. Aus Talent wurde Stress, und aus Stress wieder das Talent. So einfach kann man es doch sagen. Ist doch kein Geheimnis. So unter uns. Alles, was du damals schon erlebt hast, war wahr«? Ich antworte: »Es war die Realität, die nicht alle sehen können. Die andere Welt ist aber real. Ist man dem Tode nahe, so ist man auch dieser Realität nahe«. Emily schlussfolgert: »Und da die Engel praktisch tot sind, so können sie die andere Realität erleben«. »Au ja«, sagt Harry. »Das ist ja hochinteressant. Ich will das auch können«. Bruder sieht Dylan nachdenken. Und er würde ihn beschützen, vor all diesen Theorien. So nimmt er den Jungen an den Armen und fragt, ob er die Geschichten um die Engel kennt? Doch er habe sein ganzes Leben vor sich. Der Tod käme nur bei alten Leuten, so Bruder zu Dylan. »Oder beim Unfall«, ruft der Kleine in die Runde, erheitert. Harry staunt nicht übel: »Dass ihn das nicht mitnimmt, wundert mich doch. Meinen Kindern dürfte ich so etwas nicht vorsetzen«.

»Es liegt an Max, der den Jungen darin eingeweiht hat, was ich ihm nicht vorwerfe. Dylan nimmt das alles sehr leicht auf. Von Anfang an. Er hat einen Horizont wie ein Jugendlicher. Aber Harrys Kinder sind auch schon weit. Beide«. Harry runzelt die Stirn, hält kurz inne, und lacht sodann. »Schön, wie du das siehst, Emily«. Schwester meint, es sei die Wahrheit, die nicht jeder sehe. Sie und Matthias aber doch.

Harry lobt Papas Prinzessin. Nicht allein mit seinem Lächeln. Er sagt: »Unsere Familien, mit ihren drei Kindern, haben schon eine ausgezeichnete Erziehung für die Kinder parat. Sie sollen alles mitbekommen. Sich gut entwickeln. Mit Zuckerbrot und Peitsche gehen wir da vor«. Ich räume ein: »Mir ist klar, dass Emily dem Kleinen immer mal wieder etwas streicht. Er liebt es, Videos zu schauen, diese bekommt er gestrichen, wenn er frech ist. Auch Matthias folgt da Emilys Beispiel. Beide sind sich einig, dem Kleinen nicht alles durchgehen zu lassen. Zum Ausgleich kuscheln sie dann beide mit ihrem Dylan. Er liebt das und es gibt andere Dinge, wenn er die Videos gestrichen bekommt. Da steckt er einfach eine CD in den Player und genießt ein Hörspiel. Dylan weiß oft, wie weit er gehen kann und wann er aufgeben sollte«. Emily meint: »Nicht zu viele Süßigkeiten gehört da dazu. Es ist ja überall Zucker drin, egal was man isst. Aber Schokolade ist da mit Vorsicht zu genießen. Diese hat schon eine Menge an Süßem inne. Viele Kohlenhydrate sind zunächst für das Kind von Vorteil. Damit wächst und gedeiht es. Aber Zucker ist ein Beispiel, wo man über die Kohlenhydrate hinaus aufpassen muss«.

Ihre Erziehung ist Emily und Harry wichtig. Da achten sie auf jede Kleinigkeit. Auf alle Nuancen. Schreitet das Kind zu weit, wird eingegriffen. Ich selbst übe es, mir fällt es oftmals schwer. Die Kleinen sind ja wie Zucker. Da wolle man reinbeißen. Wenn sie einen so anlachen, da freuen wir uns gleich doppelt auf einen Besuch.

Kapitel 24

»Kommt uns doch alle besuchen«, kam es wie aus der Pistole geschossen von Harry. »Wir freuen uns darauf«. Dann schießt es aus mir heraus: »Also Oma und ich sind dabei«. Emily: »Da kann ich nicht nein sagen. Und wann«? »Morgen früh um zehn, zum Brunchen? Es ist ein Sonntag und viele Schlafen aus. Doch diese Uhrzeit möge für alle einzurichten sein. Da ist Harry einfühlend. Er schätzt die Situation ein. Wie immer, schon seit Jahren. Und ich folge ihm. Seinem Beispiel. Und dem von Klaus Peter. Welcher für unseren Bruder ebenso ein Vorbild ist.

Ich frage, ob Papa mitkommen könne, da dieser mir ein Zeichen macht. »Er ist sicherlich gerne dabei«. Harry grinst und sagt: »Und wir haben ihn gerne dabei. So redselig und kumpelhaft er war. So ist er doch noch, oder«? Ich schaue zu Opa hinüber, der herangeschwebt kommt. Er strahlt über beide Ohren und ruft »ich will«. Da macht es einen Blitz in der Atmosphäre und unsereiner erkennt, dass da Klaus Peter die

Hände im Spiel hat.

»Ihr seht es nicht, oder? Den Blitz. Emily, Harry? Habt Ihr es denn nicht gespürt? Das war Papa. Er wäre der glücklichste Engel auf Erden, wenn er mit uns Brunchen dürfte«.

»Und wir wären die Glücklichsten, ihn in dieser Mitte begrüßen zu dürfen«, meint unsere Schwester. Harry grinst sie an. Ich spüre, dass wir drei (Emily, Bruder und ich) uns nunmehr blind verstehen. Geschwister, wie Drillinge, die sich gleichen. Ich sage dazu: »Wir waren mit dem Menschen Klaus Peter glücklich und wir werden es auch mit dem Engel Klaus Peter sein. Er hat doch nur noch mehr Weisheit dazugewonnen«?

Harry schaut irritiert auf mich: »Er hat mehr Weisheit, als du je haben wirst, mein lieber Bruder. Verzeih, wenn ich dich angreife. Nur Papa ist eben der Größte unter uns. Da gibt es doch keinen Zweifel«?

»Nein«, so sagt Emily. »Nicht den kleinsten Zweifel. Unser Papa hat uns schon so viel beigebracht. Ich bin sicher, er macht da weiter, wo er aufgehört hat«.

Mir war nicht bewusst, dass ich hier keck vorgehe. Und Harry hat den richtigen Schluss gezogen. Ich werde mich schon warm anziehen, um nur die Hälfte an Papas Weisheit in mir zu tragen.

Ich habe eine Entschuldigung auf den Lippen. Klaus Peter schützt mich, da er bestätigt, ich habe es nicht so gemeint. Das freut unsereiner. »Aber hört mal«, sagt Opa. »Mir fällt auf, wie gefühlvoll alle hier sind. Mich eingeschlossen. Wir sollten auch zum Denken kommen. Das wäre doch kein Problem für euch«? Emily versteht das, ich sage es Harry weiter. Er ist einverstanden. Es waren eben schwere Wochen. Er hat recht, spukt es in meinem Kopf. Wie einfühlsam wir doch sind. Hat die Familie den ersten Schock über den Tod verkraftet? Ist die Trauer, die uns sensibler macht, bereit sich umzukehren? Klaus Peter ist überzeugt davon, dass alle jetzt zum Status quo kommen. »Mehr denken«, flüstere ich vor mir her. Emily sagt: »Okay, Papa. Du hast vollkommen recht. Wir sind nicht mehr die, die wir waren. Wir packen uns am Kragen und ziehen uns aus dem Schlamm«.

Harry hält erneut inne. Papa sieht ihn grübeln und meint: »Genau, meine Söhne. So muss das laufen. Wir sind doch auch Kopfmenschen«. Unser Neffe fragt, was denn das bedeute. Seine Mutter beantwortet es ihm. Ich freue mich schon auf die Ausführung, hänge an Emilys Lippen, wie es Dylan ebenso vollbringt. Schwester: »Mein Sohn. Wer viel denkt, der ist ein Kopfmensch. So wie Mama jetzt, im Moment«. »Au ja, Mama. Du denkst. Das stimmt. Genau«. Emily weiter: »Wer denkt ist intelligent«. »Oh ja, Mama. Dann sind wir alle intelligent«. Die Gruppe versucht, ja zu sagen, doch niemand traut sich. Was mir gefällt. Eigenlob stinkt gewaltig. Wer hier der Erste ist, fällt durch. Kein Wort schallt in die Atmosphäre. Harry räuspert sich nur und senkt dabei den Kopf. Emily drückt Dylan an sich und gibt ihm einen Schmatzer auf die Wange. Und prompt sagt dieser: »Ich bin hier der Schlauste«. Meine Geschwister grinsen und lassen ihm das durchgehen. Schwester streicht durch sein Haar und legt es zur Seite. »Bist auch noch der Schönste«. »Oh, Mama. Das beeindruckt mich aber nicht«, sagt Dylan und alle lachen sich kaputt. Der Junge ist phänomenal. Er hat Ausdrücke parat, die ihm schmeicheln.

Harry meint, seine Tochter Mary würde ebenso schon mal Derartiges sagen. »Kinder in diesem Alter sind wunderbar«, sagt er. Ich werde die Gruppe jetzt auflösen. Werden uns ja morgen zum Brunchen bei Bruder treffen. Dieser nickt mir zu, Emily meint, ihr Kleiner müsse endlich ins Bett. Ich winke Papa zum Abschied. Er möge pünktlich bei Harry und Sophie sein. Die Sache ist gebongt. Diese Familie hält zusammen, wie Panzertape. Und keiner leistet sich Dummheiten. Ich bin mit jedem hier einverstanden. Selbst jetzt, da wir wieder Kopfmenschen sind, bin ich zufrieden mit dem Gespräch. Es verlief nicht im Sand, zog keinen in den Sumpf. Nein, alle sind schlau genug, und ich hoffe, der morgige Tag bringt mehr davon.

Ich gebe Dylan einen Kuss auf die Wange

und er revanchiert sich bei mir dafür. Er und Emily verlassen zuerst den Geisterfriedhof. Papa schaut sich um, hat er Angst vor den Geistern darin? Oder versucht er nur, vorsichtig zu sein? Er fliegt im hohen Bogen über uns hinweg und verschwindet, einige Meter weit, und dann im Himmelszelt. Harry umarmt mich kurz und ist der Nächste, der den Friedhof für heute verlässt. Ich folge ihm. Er steigt in sein Auto und meine Wenigkeit schreitet den Weg zu Fuß heim.

Ich freue mich in dieser Nacht. Ja, wir überlegen mehr. Haben damit unsere nahe Vergangenheit zurückgeholt. Wir waren alle Denker. Das Gespür ist trotzdem ebenso da, was gesund ist, um einige Sachen zu erfühlen. Die Kombination ist für meine Geschwister kein Neuland. Mir aber schon. Wo ich erst vor kurzem mit den Gefühlen taktiere. »Unser Papa Zustand hat uns alle zum Fühlen verleitet«, flüstert unsereiner im Bett vor sich her. »Ich muss beides können. Emily hatte schon vor Wochen recht, als sie mir vorwarf, ich sei doch so intelligent gewesen. Dann bin ich davon abgewichen. Habe komplett nur gefühlt. Papas Zustand hatte das forciert. Dann kam es auch bei Harry und Emily so. Meine Güte«. Ich werfe mich von einer Seite zur anderen und wieder zurück. Finde jetzt keinen Schlaf. Schreite in die Küche und schütte mir ein Glas Milch voll. Trinke diese genüsslich und schnell. Ich habe mal gehört, dass dieses Getränk zur Nacht müde sein lässt. Und diese Weisheit klappt, denn schon zwanzig Minuten später schlafe ich tief und fest.

Meine Reise, die ›Leben‹ heißt, schreitet voran. Veränderungen gehören dazu. Und ich habe in den letzten Wochen dazugelernt. Papa hat mich mitgenommen auf seiner Expedition, in der er doch so litt. Jetzt ist er wieder locker drauf, wie ein Engel, scheint er mir. Egal wie doof ich früher war. Klaus Peter hat mir stets verziehen. Heute beweise ich es: Bin einer von Ihnen. Hab Gefühle und Gedanken. Und habe eine Menge dabei gelernt.

Ich fühle mich in dieser Nacht phänomenal an, denn ein Traum erscheint mir. Ich erwache in der Dunkelheit, schaue auf die

Uhr im Zimmer. Es ist drei Uhr. Und diese Vision wird unsereiner nicht mehr vergessen. Ich bleibe einige Minuten wach und denke darüber nach, wie Papa ein großer Engel ist und ein Haus im Himmel für uns baut. Ich finde endlich eine Seelenpartnerin und liebe sie sofort. Dann schlafe ich wieder ein und der Traum würde morgen in meinem Kopf existieren. Wenn er nur Realität wäre.

Kapitel 25

Matthias hat sich heute freigenommen und fährt mit Emily und Dylan zu Harry. Ich bin am Steuer von Mamas Wagen. Sie hockt auf dem Beifahrersitz. »Schön, dass er uns alle eingeladen hat«. Ich antworte: »Er ist eben ein Knappe. Gesellig und munter ist er. Das liegt uns einfach im Blut, ja Mama«? Sie nickt. Papa habe da seine Finger im Spiel und habe uns darin eingewickelt, sodass wir zu Besuchen immer bereit sind. Wir Kinder sind alle drei kontaktfreudig. Matthias ist gerne unter Leuten, Dylan ebenso. Bei der Fahrt bemerke ich, dass der Verstand rattert. Folgende Worte schicke ich dabei an Tina: »Mama. Du liebst doch Papa sehr«. Da Mutter mich ignoriert, vernimmt unsereiner, dass er zu weit voran prescht. Mist. Das macht mein Gehirn aus mir. Ich gebe nur Blödsinn von mir. Entschuldige, spüre ich, Sie erkennt es nicht. Dann kommt der nächste Satz von mir: »Du hast doch sicherlich Mary und Torben vermisst«. Erneut schweigt Mama Tina und in mir ruft es: Schluss damit. Ich überlege und sage Schwachsinniges. Dass ich immer nur in die Extreme hineinkomme. Entweder Gespür oder Gedanken, etwas zwischendrin klappt bei mir nicht.

Und so entscheide ich, sofort zurückzukehren in die Welt der Gefühle. Und fühle mich gleich besser an. Ich rede jetzt weniger doch gefühlvoller. »Mama. Du nimmst mir das nicht übel, wenn ich Blödsinn spreche«? »Schon okay, Max. Da vorne musst du nach links«. Ich sehe auf die Straße und lenke den Wagen in diese Richtung. Mutter Tina scheint erleichtert, stöhnt und seufzt. Jetzt ist wieder Hoffnung für mich da. Ich habe es versucht, aber mit nüchternen Gedanken bin ich zu schroff. Ecke damit nur an. Werde gleich Emily mal fragen, was sie dazu sagt.

Ich parke auf der Straße und wir laufen den kurzen Weg zur Haustüre von Harry und Sophie, Mary und Torben. Mama klingelt und die Hausherrin öffnet. Ihre Begrüßung ist stets herzlich. Sie lächelt an der Türe, was mir immer wieder auffällt. Und was ich gutheiße. Ihr an der Seite steht ihre Tochter, die ihre Oma Tina umarmt. Dann kommen Harry und der muntere Torben, mit seinen zwei Jahren schon ein Sonnenkind. So würde ich es mal nennen. Er hat sein Herz am rechten Fleck. Ich bin stets nett zu ihm. So fein ist er im Charakter. Ich habe ihn lieb und gebe ihm wie immer einen Kuss auf die Backe. Das wiederum gefällt Harrys Frau. Kinder möge man. Da verstehe ich Sophie. Harry ist ebenso kinderlieb und wuschelt seinem Sohn im Haar.

Torben wird den Namen Knappe für uns alle weitertragen. Ich selbst habe keine Frau und bin kinderlos. Habe das verpasst. Jetzt ist nur die Hoffnung dafür da. Es hat eben immer was gefehlt. So kamen die Damen und ich nicht zusammen. Zumal ich ein Spätzünder in allen Belangen bin.

Früher war ich gefühllos. Welche Frau akzeptiert das denn? Gehe jetzt den Schritt, und wage es, nur dem Gespür zu folgen. Es wird dies oder jenes sein bei mir. Und das andere ist scheußlich.

Frauen haben meine Gestalt nicht so

gesehen, wie ich mich selbst. War stets groß und kräftig. Für die Damen ein Wicht und Taugenichts. Heute sehe ich es ein. Und verspreche jeden Tag besser zu sein denn früher.

Es war gemein von Gott, mich zu ihm zu ziehen, da ich damals eine Veränderung suchte. Es hat mir zwar geschadet, doch zudem bin ich heute da angelangt, wonach meine Seele sich sehnte.

Wäre der Allmächtigen nicht, hätte ich null Gefühle und keine Technik. Und ohne diese klappt es bei mir nicht.

Ich begrüße Matthias, Emily und Dylan, die schon anwesend sind. Sie gönnen sich Kaffee und Wasser. Es ist für das Brunchen aufgetischt. Da haben sich Sophie und Harry übertroffen. Der Tisch sieht phänomenal aus. Frische Brötchen, Lachs und Croissants. Für alle wurde gesorgt. Mama Tina nimmt gerne vom Saft, den ihr mein Bruder anbietet. Ich genehmige mir eine Tasse Cappuccino. »Ich liebe es, morgens Kaffee zu trinken«, kommt es von mir. Der Hausherr lächelt mich an und meint, das sei kein Problem.

Er brühe ihn mir schnell.

Da alle sitzen spreche ich Emily an. »Du hast mich nicht mehr als intelligent bezeichnet. Ich habe vorhin ausprobiert zu denken. Und habe bei Mama angeeckt. Es geht so nicht«. Schwester antwortet. »Ich habe nicht gesagt, du sollst nur noch denken. Beides, Fühlen und Denken gehört zum Menschen. Aber sag mal, weshalb nimmst du dir das denn vor? Tue es einfach. Denke und fühle automatisch. Du machst dich nur verrückt, wenn du ständig darüber nachdenkst was zu tun ist«.

»Es geht aber nicht anders, Emily. Da bin ich einfach extrem. Ich kann es nicht automatisch tun. Du weißt doch noch, wie ich früher drauf war. Das hat keinem gefallen«. Sie schmunzelt. Lehnt sich zurück. »Das ist einfach Blödsinn was du machst, Max«. Harry schaltet sich ein, da er uns gelauscht hat. »Lass doch Max das tun was er will. Wenn es nicht anders geht und er sich so wohlfühlt«.

Emily meint, so kam meine Krankheit, weil ich zu weit gegangen bin. Harry entgegnet, ihr ginge es doch ähnlich. Und ich habe ja daraus gelernt und würde schon die richtigen Anwendungen finden. »Wenn er sich für Techniken eingeschworen hat, dann lasse ihn. Er weiß, was ihm schadet und was ihm guttut«. Ich nicke Harry wohlwollend zu und reiche ihm meine offene Hand. Er schlägt gerne ein und lächelt mich an. Diese Art Verbrüderung. Und wird Emily da mitziehen?

Ich sehe aus dem Augenwinkel, wie sie nachdenkt. Matthias grinst, da Dylan sagt: »Guten Appetit«. Alle wiederholen die Worte. Sophie reicht ihrem Harry ein Stück Brot, welches er mit Butter beschmiert. Dann erhält Torben Gleiches. Mary bedient sich mit Lachs und Baguette. Emilys Mann füllt sich den Teller wie sie und Dylan. Ich warte ab. Das wiederum sieht Mama Tina und meint, ich solle doch etwas zu essen nehmen. Mir macht dieser Kommentar nichts aus. Halte kurz inne, dann greife ich beherzt zu. So vollführt unsereiner ebenso beim Nachschlag. Zuerst die anderen, sodann komme ich. Emily findet das doof. Ich fühle mich dazu verpflichtet.

Kapitel 26

Harry reicht mir den Cappuccino. Ich trinke den ersten Schluck und lobe meinen Bruder für die Auswahl an Bohnen. Die habe er fein herausgesucht. Er gibt an, er habe einige verschiedene Kaffeebohnen versucht. Und diese hier seien die Besten. Mit Abstand.

Wie von selbst hebe ich meine Brust. Matthias stößt ein Grinsen hervor. Und ich suche nach einem Fehler meinerseits. Sodann fragt er mich, ob es eine Freundin gebe. Ich verneine. Es sei knapp daneben gegangen. Er kontert mit den Worten: »Siehst ebenso erfahren aus«. »Bin ja auch schon vierzig, Matthias«. Er meint, das war vor kurzem anders. Ich staune über den Erfolg. Wenn das so ist, dann habe ich ein Ziel erreicht: Erwachsen zu sein. Habe früher hingenommen, wie Frauen meinen Körper und den Geist unattraktiv sahen. Die Techniken resultieren aus dem Wunsch: ein gestandener Mann zu sein. Und Matthias gesteht mir das zu. Gott sei Dank. Werde mich entspannen. Emilys Gatte kommt meiner Antwort zuvor: »Hauptsache du bist es jetzt. Endlich bist du nicht mehr so komisch«. Ich runzele die Stirn. Emily schreitet ein: »Max. Du warst früher komisch. Hast geschaut wie ein Spastiker. Heute siehst du gesünder aus und bist witzig zugleich. Ich denke, deine Krankheit hat sich abgeschwächt. Die Gabe aber hast du noch immer«.

Ich rutsche auf meinem Stuhl herum. Mary sieht das und lacht sich ins Fäustchen. Torben schaut an mir hoch und grinst. Sanft, witzig und angenehm ist der Junge. Seine Schwester hat einen eigenen Humor. Dann zeigt sie mit ihrem Finger in meine Richtung und gesteht: »Onkel Max ist echt witzig«. Ich bin froh. Torben sagt: »Max ist cool«. Emily fügt an, Opa Klaus Peter sei immer gelassener. Dylan erkennt, wie seine Mutter mich herunter buttert, und so spricht er: »Mama. Max habe ich am meisten gern«. Sie verstummt. Matthias grinst und fragt seinen Sohn, ob er Papa liebhabe. Dieser schmiegt sich an den Vater, der neben ihm sitzt. Dann streichelt er den Fünfjährigen und legt seine Stirn in die des Jungen. Dieser lächelt und zeigt seinerseits Zärtlichkeiten. Dabei geben sie sich Küsse auf die Backen.

»Papa ist der Beste«, sagt der Fünfjährige. Matthias versteht es aber falsch. Meint, sein Junge habe ihn beleidigt. »Nein«, so der Vater zum Sohn. Dann nochmal: »Ist Papa der Beste, Dylan«? Emily löst die Sache auf, der Bengel habe ihn doch gelobt. Was er denn verstanden habe? »Ach so. Okay. Dylan. Du bist der Beste«. Das Kind strahlt über beide Ohren und umgreift Matthias` Hals.

»Ist nur ein Missverständnis«, sage ich zu meinem Neffen.

»Was ist ein Missverständnis«? fragt der Junge.

Emily erklärt ihm, das sei so, wenn zwei Menschen etwas falsch verstehen. Papa habe sich eben vorgestellt, wie sein Sohn ihn beleidige. Dylan aber habe niemanden beleidigt. So sei er nicht. In des Jungen Gesicht macht es Klick und er hat verstanden. Matthias greift ihm zärtlich durchs Haar. »Du bist ein lieber Schelm«.

»Papa. Bin ich immer lieb«?

»Nicht wenn es ums zu Bettgehen geht. Dann bist du langsam und schläfst nicht ein«.

»Aber Papa. Ich kann doch nichts dafür«.

»Und trotzdem müssen wir dich bestrafen«.

Der Sohn: »Aber was hat das Schlafen mit dem Videoschauen zu tun«?

Ich gebe Matthias recht. Mann greift eben ein. Dann, wenn der Junge frech werde. Stelle mir vor, wie er seinen Papa veräppelt. Dylan und ich haben nur selten Knatsch. Da reiten wir auf einer Welle.

Ich werde den Jungen jetzt in Schutz nehmen und setze zur Rede an. Emily sieht es kommen und sagt: »Wir wissen, dass du Dylan sehr liebhast. Er ist aber nur mit dir immer lieb«.

Ich verstumme und sehe zu Harry hinüber, der in sein Brötchen beißt. Er bemerkt das, kaut zu Ende und grinst mich an. »Ist gar nicht einfach, Kinder zu erziehen«. Ich gebe ihm recht und frage, ob er es schon mit seinen beiden raushabe. Das habe man nie, meint er.

Fühle mich fünf Jahre älter an. Dieses Gespräch ist hilfreich. Ich lerne daraus ungemein. Und alle anderen ebenso. Das Leben ist ein Geben und Nehmen. Das finde ich immer mehr.

Harry fragt mich, ob ich eine weitere Tasse Cappuccino möge. »Ja, danke«. Er erhebt sich und schreitet zum Vollautomaten. Gießt Wasser nach und füllt die Bohnenkammer auf. Dann kommt der Tastendruck, der den Kaffee brühen lässt. Die Bohnen werden dabei zermahlen. Da die Tasse fast voll ist, gießt Harry mir Milch hinzu. Ich liebe eher den Milchigen, keineswegs einen Schwarzen. Und Tina trinkt ihren überhaupt ohne etwas. Oma nimmt den letzten Schluck. Sophie fragt, ob sie eine weitere Tasse möge. »Nein, nein. Schon okay«. »Ist kein Problem für mich«, meint dann die Schwiegertochter.

Bevor diese aufsteht, ist aber Harry dabei. Im Handumdrehen brüht er für Oma eine Tasse. Sie lässt es sich schmecken. Solch einen Service nehme sie gerne an.

Kapitel 27

Das Brunchen macht hier einem jeden Spaß. Es ist groß aufgetischt und die Gastgeber sind zuvorkommend und freundlich. Die Minuten vergehen. Die Kinder spielen miteinander. Mary und Dylan nehmen sich gegenseitig das Spielzeug aus der Hand. Setzen sich beide durch. Emilys Sohn kommt immer mehr von der Opferrolle ab. Er ist kräftig im Gemüt, dennoch ungeduldig. Doch welches Kind ist das heutzutage nicht? Spiele werden nach Minuten schon wieder uninteressant. Dann gilt es Nachschub zu liefern. Der quirlige Torben ist etwas außen vor in dieser Runde. Immer mehr zeigt sich ein Charakter in ihm. Er wird sich früh genug durchsetzen. Jetzt zwar nicht. Aber wer wird es ihm vergelten, würde er schon morgen auf seine Rechte pochen. Hier bringt er immer wieder folgenden Satz: »Opa Klaus ist mit uns«. Seine Mutter Sophie staunt. Sie kennt sich in diesen Angelegenheiten wenig aus. Harry ebenso. Ich werde ihn schon hinbringen, denn ein jeder möge doch diese andere Welt zumindest in Betracht ziehen. Seine Mutter fragt Torben, woher dieser wisse, dass Opa hier sei. Er zeigt auf die Mitte des Esstisches. Emily und ich sehen Opa darauf sitzen. Er strahlt vor Glück. »Schön, dass auch Torben mich nun erkennt und kennt. Ich liebe ihn sehr«.

Da Opa Klaus Peter sich erhebt, erwarte ich eine Ansprache von ihm. »Meine Lieben. Ihr alle gehört zu meiner Familie. Ich bin stolz, euch zu haben, auch wenn einige mich nicht sehen können. Max. Kannst du das weitergeben«? Ich gebe es in die Runde weiter, schaue dabei Sophie und Harry an, weil diese den Opa nicht vernehmen. Dann richte ich den Blick auf Matthias. Er hat meine Sätze verstanden.

»Wie läuft es im Verein«? versucht Harry von unserem Schwager in Erfahrung zu bringen. »Stehen auf dem achten Platz der Bundesliga«. Emily zu uns: »Ich wusste, Matthias würde es weit bringen. Er ist eben ein Macher vor dem Herrn«. »Ja«, so Harry. Wir haben nicht umsonst studiert, nicht wahr«? Der Manager nickt und schmunzelt dabei. Dann kommt eine Einlassung von ihm: »Habe nur noch Probleme mit den Interviews nach dem Spiel. Die kann ich nicht gebrauchen«.

Harry dann: »Es gehören auch schwierige Dinge zu einem Top Job. Man kann sich nicht nur die Rosinen herauspicken. Auch ich muss manchmal in den sauren Apfel beißen. Ist aber nicht schlimm. Da gibt es andere Jobs, wo man malochen muss bis man umfällt«.

Erstmals seit Langem zeigt Harry hier Schwächen. Darauf habe ich nur gewartet, denn Menschen mit Fehlern sind mir lieb und teuer. Sie sind demütig und fromm. Haben ein Herz, welches aus Niederlagen groß wird.

Ich lenke ab: »Bin ja nicht für Strafen. Allerdings findet unsereiner sie von Jahr zu Jahr immer hilfreicher. Je älter ich werde, umso mehr finde ich Gottes Weg als den Richtigen. Er hilft uns, er testet uns. Das alles ist auch meine Realität. Ich spüre manches Mal seine Worte, wie ich die von Klaus Peter spüre. Schöne Worte für den Mut. Und Tests, die ich oftmals bestehe.

Ich will mich nicht selbst loben«. Warte jetzt aber auf Emily, die mir zunickt. »Unser Maximilian besteht jeden Test von mir«. Ich staune und sage, ich wisse ja nicht, dass sie so vorgehe. »Doch«, sagt Schwester. Ihr Mann fragt sie, ob ich denn ihre Prüfungen bestehe und genug sei? Opa Klaus Peter brüllt hinein: »Mein Max ist der Beste«. Emily schmunzelt: »Opa meint gerade, dass Max der Beste sei. Also, Matthias. Ist deine dumme Frage jetzt beantwortet«?

Matthias errötet, was selten passiert. Zu selbstsicher ist er stets. Keiner bringt ihn gewöhnlich aus der Ruhe. Doch verbale Hiebe peitscht er immer wieder hervor. Kommt ihm jemand schräg, versucht er sich mit mutigen Sätzen zu wehren. Und das hat sich schon auf seinen Sohn Dylan abgefärbt. Matthias und der Junge drücken sich so aus, wie sie es halten.

Der Manager sagt, seine Frau Emily müsse ihn nicht belehren. Er sei erwachsen genug und stehe selbst für seine Fehler ein. Ich sage, ja, er habe nicht immer die passenden Worte, meine es aber nicht übel. Schätze es, dass der liebe Matthias mich dufte findet.

Ich lobe ihn. Das stünde ihm. Wir sind wahre Freunde. Davon habe er nicht viele, kontert er ehrlich. Echte Freundschaften wären für ihn selten. Es läge aber nicht an ihm. Deshalb pflegt er unsere Beziehung, denke ich. Bin nicht so übel. Und hier sind die Familienmitglieder die Wichtigeren.

Emily schaut süßlich zu Matthias. Diese Familie habe eben null Freunde. Jetzt sagt jeder die Wahrheit frei heraus, denke ich. »Nur so weiter, Emily«, sage ich. »Du erfüllst hier deine Befürchtungen«. »Nein«. Das sei keine Furcht, die sich erfüllt. Es sei die Realität. Ich stimme Schwester stumm aber energisch zu. Sie sieht mir im Gesicht an, dass ich nichts gegen sie habe. Klaus Peter meint: »Au ja. Ich stehe auch zu ihr. Sie ist doch meine Prinzessin«.

Emily freut sich ungemein über diese Worte. Ihr Vater kommt nahe heran und legt seine Hand auf ihren Scheitel. Jetzt erkenne ich an ihr, dass sie das vernimmt. Sie sieht ihn zwar.

Aber die Wärme ist mehr.

Es ist ein Spiel zwischen Vater und Tochter, einem Engel und einem Menschen. Das Gefühl in diesen Situationen, lässt an Lebensqualität gewinnen. Ein solches Leben hat Klaus Peter lange. Zusammen mit Tina und den meisten anderen dieser Familie. Ich bin später dazugestoßen, bin ins Reich des Gespürs hineingekommen, da es schon zu arg wurde. Meine Tränen leiteten die Seele, die unten angelangt war. Dann hievte ich mich empor. Und bereue es nicht. Werde es niemals. Gefühle passen zu mir, wie die Butter auf dem Brot. Ich erhebe meinen Körper und sage leise zu Klaus Peter, der sich dazu in eine Ecke begeben hat: »Bin ich dein Prinz, Papa«? Emily sei ja seine Prinzessin. Wir alle gehören ihm an, meint er dann zu mir. Wir sind seine Liebe und sein Leben. Ohne uns wäre er schon längst vollständig ins Himmelreich gegangen. Weil wir aber sein alles sind, ist er geblieben. Ein Engel im Himmel und auf der Erde. Ich wiederhole sinngemäß, was eben in mir war: »Opa ist noch hier, da er uns bei sich haben möchte. Er will uns nicht gehen lassen aus seinem Leben, und ich glaube uns geht es genauso wie ihm, oder«? Emily kommt eine Träne gekullert, Harry errötet und Matthias schaut traurig. Tina weint offenherzig. Und die Kinder halten in diesem Moment inne.

Kapitel 28

Die Runde löst sich eine Stunde später wieder auf. Tina steigt bei mir ein und wir nehmen die Straße nach Mannsberg. Just in diesem Moment spüre ich etwas Grausames an mir hochsteigen. Es liegt auf meiner Seele und ich spreche es aus: »Mama. Ich glaube, mir geht es scheußlich schlecht«. Was denn sei, fragt sie nach. Ich spüre eine dunkle Macht im Herzen. »Wenn du willst, dann verscheuche ich diesen Geist aus diesem Fahrzeug«, sagt sie vorbildlich. »Das wäre nicht schlecht. Ich komme jetzt dagegen nicht an«. Tina hebt die Brust und wirkt selbstbewusst und das Grauen verzieht sich ein wenig. Ich freue mich ungemein, dass sie eine solche Macht in sich hat. Bin ich mal zart besaitet, dann ist sie umso stärker. Ist unsereiner mal ratlos, so hat sie einen Ratschlag. Bin ich traurig, baut sie mich auf. »Gibt`s nicht, geht nicht«, ist einer ihrer Sprüche. Damit nimmt sie Klaus Peters Ausspruch »geht nicht, gibt`s nicht«, auf. Verdreht nur die Sätze dabei und zeigt somit ihre

Intelligenz. Ich bin froh, sie bei mir zu haben. Und ich denke, sie liebt mich ebenso.

Wir fahren auf dem Parkplatz vor und steigen gleichzeitig aus. Mir kommt erneut der Schauder hoch. Solch eine enorme Macht habe ich bislang nicht erlebt. »Wir müssen weiterlaufen. Es wird uns ins Haus folgen, wenn wir jetzt hineingehen. Nein, Mama. Lass uns weggehen von hier«. Tina versteht es, und nimmt meine Hand. Sie vernimmt diese Macht in der Atmosphäre. Wir nehmen, schnellen Schrittes, die Richtung zum Zentrum. Ich schaue mich um. Es ist hell, erst Mittagszeit. Doch ich spüre einen Geist unter uns. »Es ist einer dieser Schurken, Mama«. Sie dann: »Als ob ich das nicht schon wüsste, Max. Ich kenne dich schon gut. Du machst dir nicht zum Spaß Sorgen«. »Genau«, sage ich vorlaut. »Die Lage ist richtig beschissen. Solch ein Gefühl ist schauderhaft. Dieser Geist ist kräftig. Würde ich ihn doch nur sehen können, dann wüsste ich mehr über ihn Bescheid«.

Da erscheint ein Schweif vor uns. Es ist

der unbarmherzige Phäleon, der mir auf dem Friedhof begegnet ist. Er hat sich an uns drangehängt und lässt nicht mehr los. Er fliegt vor uns her und stößt ein brutales Lachen hervor. »Es ist Phäleon«, sage ich zu Mama. »Er hat mir schon an der Grabesstätte aufgelauert«. »Dem gebe ich es aber«, ruft Tina. Sie haut mit den Fäusten in die Luft, sieht den Geist selbst nicht. Ein Schwinger dringt durch ihn hindurch. Er ist angreifbar. Doch wie jetzt weiter vorgehen? Ihn mit Worten in die Flucht schicken? Und so sage ich: »Du Verbrecher vor dem Herrn. Verschwinde aus unseren Leben, sonst kann ich mit nichts garantieren. Ich werde dich verfolgen und nicht mehr in Ruhe lassen, so wie du es bei mir tust«. »Genau«, sagt Mama. »So musst du ihm kommen. Er versteht doch nichts von der Liebe, dieser Phäleon. Habe ich recht«? Und ob sie das hat. Solche Geister geben erst dann Ruhe, wenn man ihnen zu nahekommt. Ich werde diese Ausgeburt schlagen. Mit schlauen Sätzen, die einen Schwerenöter umhauen, obgleich ich ein fühlendes Wesen bin. Mir ist klar, was möglich ist gegen diesen Geist. Werde ihn psychisch vernichten, was mit Intelligenz machbar ist. Brutal aber mit Gefühlen. Es gibt helle und dunkle solche. Diese werde ich jetzt in Phäleon einsetzen. Er hat das verdient, dass ich ihn schlage.

Da ich den nächsten Satz anzubringen versuche, fliegt er über uns davon. »Gott sei Dank«, sage ich. »Der Geist ist verschwunden. Wir haben wieder Ruhe vor ihm«. Dies überzeugt Mama.

Um uns zu beruhigen, verlangt Tina, in der Eisdiele einen Kaffee zu trinken. Mir ist bewusst, sie trinkt nur am Morgen einen Schwarzen. Aber diese Situation hat dies verändert. Und so treten wir in die Diele und bestellen uns zwei Kaffee zum Mitnehmen. Dann schlendern wir durch die Gassen von Mannsberg, welches Täler und Höhen zugleich hat. Tina fällt der Aufstieg nicht leicht. Mir ebenso, da ich mindestens zehn Kilo Übergewicht habe. Bei ihr ist es die Hüfte, die Schwierigkeiten bereitet. Und doch schaffen wir die Höhen, bis zur Kirche. Ob ich denn da hineinwolle, fragt Tina mich. »Nicht unbedingt«, kommt es von mir. Mama dann: »Ich habe meinen Gott im Herzen. Ich muss dazu nicht in dieses Gebäude hinein«.

»Ich habe nichts dagegen. Du hast sicherlich deine Vorstellung von Gott. Die möchte ich dir nicht nehmen«. Meine Vision entspricht mehr der Realität, denn die von Mama. Sie fürchtet den Allmächtigen nicht. Dabei sind wir uns einig. Doch sie traut ihm nicht völlig über den Weg. Ich vertraue auf das Gemüt des großen Gottes. Auf seine Intelligenz und Wärme. Niemand beschreibt mir den Allerhöchsten besser, denn ich selbst. Die Lage ist dennoch verzwickt, da eilt schon wieder Phäleon herbei. Er findet keine Ruhe in sich und verunsichert damit sämtliche Menschen in der Gegend. Alle, die er mit seinem Geist berührt. Bevor er zu uns kommt, spreche ich schnell ein Gebet in den Himmel: »Lieber Gott in der Höhe und auf Erden. Du findest die Gerechtigkeit immer. Und du hast Liebe für jedermann. Aber du schlägst auch deine Lämmer auf der Erde. Ich sage gar nichts dagegen. Ein jeder soll sich verbessern durch die Schläge Gottes. Auch wenn du einiges den Dämonen überlässt«. So. Das erscheint mir schlüssig. Der Allmächtige ist nicht immer überall, überdenkt meine Wenigkeit, da ich keine Antwort von ihm erhalte. »Gott antwortet mir nicht, Mama. Er ist wohl beschäftigt. Wir aber auch gleich, denn Phäleon ist schon hier«. Tina erschrickt und ich sehe, wie der Geist in sie gefahren ist. Ich strecke meine Hände in ihre Richtung und verscheuche die dunkle Gestalt mit den Worten: »Du Unhold. Vergiss nicht, dass Gott und ich stärker sind als du. Mache dich auf den Weg in die Hölle, wo du hingehörst«. Da ich mit den Händen vor Mutter fuchtele, sehe ich den Geist Phäleon wieder ausfahren. Er wirkt erschrocken dank meiner Worte. Dann flüchtet er und wir begeben uns für einen Moment in die Kirche. Mama wird dort Gott loben.

Wir treten ein und folgen dem Hauptweg zum Altar. Da knie ich nieder. Tina aber bleibt aufrecht stehen und verschränkt die Hände ineinander. Sie flüstert einige Sätze, die akustisch schwer zu verstehen sind. Ich sage nur: »Danke mein Gott für deine Hilfe mit Phäleon, diesem furchtbaren Dämon. Ich werde es dir zehnfach zurückzahlen«. Es kommt eine Stimme in mir auf: »Mein lieber Sohn. Du kannst es schon jetzt zurückzahlen, indem du deine Mutter an mich bringst. Sie soll doch meine Tochter genannt werden«. Ich denke nur kurz darüber nach. Dann nicke ich dem Altar zu. Ein Wesen erscheint über diesem. »Es ist die Aura Gottes«, sage ich zu Mama Tina. »Er ist hier und ich sehe ihn«. Es ist das erste Mal, dass für mich diese Lichter sichtbar sind, andere Auren sah unsereiner schon zuvor. Wie ist mir hier bewusst, dass es der Alleswisser ist? Ich spüre seine Anwesenheit und vernehme Worte von dieser Aura ausgehend: »Ja, ich bin dein Gott. Nenne mich ›ich bin, der ich bin‹. Dann beschreibst du mich richtig«.

Mama Tina stellt eine Frage an den Alleswisser. Ob unser Klaus Peter immer bei uns bleibe? Der Allmächtige antwortet mir, wenn denn Papa es wolle, könne er solange hierbleiben, bis alle seiner Familie ihm nachfolgen. Ich sage es Mutter weiter. Das erfreut sie ungemein. Sie lächelt endlich über unseren Gott. Hat ihn zu einem lieblichen Mann abgespeichert. Mir ist das schon längst klar, habe früher oft genug an ihm gezweifelt. Ich zweifle in diesem Augenblick an der Situation, denn ein Grauen macht sich zwischen diesen Wänden breit. Ich schaue um mich, erkenne aber nur meine verstörte Mama Tina. Sie hat es genauso im Gespür. Da ist sie spitze darin. Obwohl sie Gott, Dämonen wie und Engel nicht sieht oder hört, so nimmt sie etwas in der Luft wahr. Das rechne ich ihr hoch an. Opa Klaus Peter war ebenso schon immer so geartet. Er vernimmt bis heute alles um ihn herum. Und er hat sich selbst phänomenal im Gespür. Das liebe ich an ihm.

Kapitel 29

Ich rufe unseren Klaus Peter herbei. Er erscheint einen Moment später vor mir und fragt, womit er helfen könne. Ich meine, er solle sich doch umschauen, denn Mama und ich vernehmen eine dunkle Atmosphäre in der Kirche. Papa fliegt umher. Ich spüre eine Gestalt in der rechten Ecke hinter dem Altar. Da ich um den heiligen Stein herumgehe, ist niemand zu sehen, doch in dem zuvor genannten Winkel erblicke ich einen Schatten auf den Boden fallen. Jemand steht da. Ich winke Klaus Peter und Tina herbei. Flüstere ihnen zu, da vorne stehe eine Person. Und bin mir sicher, dass es ein Mensch ist. Ich schlage flüsternd vor, die Kirche zu verlassen, da ein übler Homo sapiens schlimmeres mit uns anrichten werde, denn zum Beispiel dieser Phäleon. Ein lebendiges Wesen ist in der Lage uns umzubringen, mit der Kraft seiner Hände. Wir drei flüchten aus der Kirche, nehmen die Stufen nach dem Ausgang zum Parkplatz hin. Ich bin mir sicherer denn zuvor, dass jemand hinter uns spürbar ist. Sobald ich mich umdrehe, um nachzusehen, springt ein Schatten unter einen Baum. Wer um Himmels willen verfolgt uns hier. Es ist ein Mensch, der gerissen ist und dunkel zugleich. Er hat etwas mit uns vor. Und ich bin nicht bereit, das Leben hier und heute zu lassen.

Nein, kommt gar nicht in die Tüte, dass uns ein Vollidiot hier umbringt, wer es sein möge. »Komme hervor«, sage ich. »Wir wissen, dass du da bist«. Der Schatten bewegt sich, den Menschen selbst sehe ich nicht. Mama Tina fragt, ob Klaus Peter hier sei und uns helfen könne. Ich bejahe beides. Und so schwingt sich Papa in die Lüfte. Doch schnell ist er wieder bei uns, ohne eine relevante Auskunft zu geben. »Ich kann niemanden vernehmen«, sagt er. »Aber ich spüre ihn«, sage ich und bin sicher, einen Mann unter dem Baum zu erkennen. Schweiß rinnt mir übers Gesicht. Tina erschrickt, da sie erkennt, wie Klaus Peter in sie eindringt. Er versucht, ihren Körper und ihre Ängste zu erkunden. Sodann dringt er hinaus und meint zu mir, seine Ehefrau fühle sich grauenvoll an. So kenne er sie gar nicht.

Von mir kommt: »Mama. Gehe nach Hause. Papa und ich schaffen das schon«. »Wenn du meinst, Max, dann gehe ich. Ich zittere am ganzen Leib«. »Deshalb beruhige dich und gehe. Wir kommen in einer halben Stunde nach«. Dass ich die Zeit so genau beziffere, erklärt sich aus meinem Gefühl heraus. Dieses sagt mir, dass wir die Sache in wenigen Momenten klären werden. Die Polizei lassen wir außen vor. So schnell sind sie nicht am Ort und dieser Mensch hier wird gleich seinen Dolch in uns stecken.

»Welche Waffen haben wir Papa«? Klaus Peter meint, er hatte die Gabe zum Dreckig sein nie. Ich müsse das übernehmen. Möge ein dreckiges Gefühl aus mir herausholen und dieses in diese Person schicken. Ich solle mich dazu beeilen. Denn der Mensch sei nur einige Meter entfernt und könne jederzeit aus dem Gebüsch springen und uns dermaßen massakrieren. Das werde schrecklich aussehen. Ich bin mir bewusst, was es heißt, ein dreckiges Gefühl in sich zu haben. Denn ein solches hatte ich für einige Jahre, da es mit der Krankheit losging. Ich schließe die

Augen und konzentriere mich auf Körper und Seele. Da ich es in mir spüre, sendet meine Wenigkeit es weiter, bis zum Baum hinüber. Wir vernehmen einen menschlichen Schrei. Es ist ein junger Mann, denke ich. Seine Stimmlage ist derart getaktet. Was versucht er hier? Und wozu ist er fähig?

Ich verstecke mich hinter einer Wand vor der Kirche. Klaus Peter versteckt sich bei mir und zwinkert. Hat er einen Plan? Oder werden wir weiter nachdenken?

Ich höre Schritte auf uns zukommen. Lege einen Finger vor meinen Mund. Ein Zeichen für ›jetzt aber leise sein‹. Doch der Mensch hört meinen Papa eh nicht. Klaus Peter lächelt und schweigt. Der junge Mann ist nur einige Meter vor uns. Werde ich die Lage aufklären, oder versuchen wir besser, abzuhauen? Um die Ecke biegen und nach Hause flüchten? Dort Mama Tina beruhigen und hoffentlich diesen Menschen hier nie wieder zu begegnen. Doch er würde uns bis zuhause folgen, deshalb werden wir es jetzt klären. Ich rufe hinüber: »Wer zum Teufel bist du? Was willst du von mir? Wer hat dich geschickt? Ein Dämon? Gott? Antworte oder ich zücke mein Messer«. Das ist nur ein Trick, denn unsereiner hat keinerlei Waffen an sich. Ich springe von der Mauer weg und schreie: »Da bin ich, du Tagedieb. Kannst mir dein verschissenes Gesicht zeigen«. Die Stimme des üblen, jungen Mannes ruft: »Du hast mir etwas verdorben. Das lasse ich nicht auf mir sitzen«. In mir spuken die Gedanken. Wem habe ich ein Keil zwischen die Beine geworfen? Und was würde er mit mir anstellen, um seine Rache auszuüben?

Ich denke hin und her, dann entleert sich der Verstand und meine Wenigkeit konzentriert sich auf die Situation. Ich werde jetzt einen einzigen Einfall haben. Mir kommt aus dem Gespür: »Du bist ein Spieler. Jemand der mit Frauen spielt, wie mit Puppen«. »Du kommst mir näher«, sagt er. Ich runzle die Stirn. »Du hast keine Frau verdient«, sage ich. Sodann springt der Tagedieb von hinten in mich hinein und ich stürze zu Boden. Er liegt mit all seinen Kilos auf meinem Körper und drückt mir die Kehle zu.

Jetzt bin ich fähig, ihn zu erkennen. »Du Scheißkerl«. Dann drücke ich sein Gesicht zurück. »Der verdammte Italiener. Vincenzo. Der die hübsche Charlotte flachlegen wollte. Dir habe ich die Tour vermasselt. Und ich bin stolz darauf«.

Der junge Mann schaut arg drein, drückt weiter meinen Hals. Bis ich kräftig genug bin, seine Handfläche zu packen und diese nach hinten zu verbiegen. Was ihm einen ordentlichen Schmerz zufügt. Dann nimmt er die andere Hand zur Hilfe und visiert erneut meinen Hals an. Ich schlage ihm ins Gesicht. Er lässt von mir ab und ich stoße seinen Körper herunter.

Ich erhebe mich und trete mit dem Fuß auf ihn ein. Das habe er nötig. Er sei selbst schuld. So behandle man keine Frau. Zudem fischte Charlotte im Unwissen. Er passe keinesfalls zu ihr. »Wir beide haben sie nicht verdient«, sage ich.

Da Vincenzo aufsteht, sehe ich Phäleon mit ihm aufstehen. »Das ist es also. Der verdammte Dämon hat sich in dir eingenistet. Du bist nicht so schlimm. Das gestehe ich dir zu.

Dich trifft nicht die Schuld an diesem Angriff. Ein Dämon hat dich eingenommen. Und diese Gestalt ist kräftiger und weiser als du«. Vincenzo schaut überrascht und der Geist schwingt sich erneut in ihn hinein. »Was für ein beschissener Dämon«? fragt mich der Italiener. »Ich glaube nicht an so etwas«. »Es ist aber wahr, ob du es glaubst oder nicht«, sage ich mutig und kraftvoll. Phäleon benutzt des Italieners Faust und schlägt nach mir. Ich ducke mich und weiche so dem Schwinger aus. »Vincenzo«, schreie ich. »Das bist nicht du. Gehe in dich, suche dich. Komme los von diesem Dämon«.

Der Italiener schüttelt den Kopf. Dann setzt er ein arges Gesicht auf. Ich werde ihm Phäleon austreiben. Zucke vor. Der Dämon erschrickt. Ich benutze meine Handflächen, aus denen eine positive Kraft hervorschnellt, die wiederum auf die Person der Unterwelt trifft und ihn zurückschleudert. Der Südländer ist für einen weiteren Moment befreit. Man sieht jetzt, wie er wahrhaftig ist. Er hat ein Gewissen, denke ich und sage laut: »Vincenzo. Du hast doch ein Herz.

Benutze es«.

Er schmeißt sich gegen die Wand, an der Treppe, und Phäleon tritt erneut heraus. Ich meine, es müsse anders vonstattengehen. »Mit Liebe, Vincenzo. Das hassen alle Dämonen«. Der Italiener hält kurz inne. Dann spricht er: »Dämon, ich kann dich fühlen und kann dir sagen, dass du ein liebevoller Engel bist. Du bist kein Dämon, nein, du hast sehr viel Liebe in dir. Ich habe dich lieb. Und Gott und alle Engel haben dich lieb«.

Phäleon wirft sich von einer Seite zur anderen. Damit hat er nicht gerechnet. Das wird ihm den Sieg kosten.

Vincenzo meint weiter, dieser Schönling möge doch für immer in ihm bleiben, mit aller Liebe, die dieser Engel habe. Ich sehe den Besetzer vom Italiener dreckig dreinschauen. Gleich wird er verschwinden, denke ich. Das wird er nicht länger aushalten. Der Dämon verbleibt keine weitere Sekunde in dem von ihm verhassten Leib. Derart Zuneigung hasst er. So ist die Hölle eben. So wird sie immer bleiben, in welches Jahrzehnt wir gelangen. Üble Wesen sind zufrieden, wenn du sagst, du findest sie klasse. Doch das Wort »Liebe«, verkraften sie nicht.

Kapitel 30

Phäleon wirft Vincenzo zu Boden und verschwindet über der Kirche. Jetzt bin ich sicher, dass er nicht wieder kommen wird. Zu derb sind unsere Worte. Zu liebevoll sind wir, selbst der Café-Sohn, der bereut, Charlotte derart bedrängt zu haben. Ich sehe es ihm an. Er wirkt traurig und entschuldigt sich bei mir. Da er sich erhebt, gebe ich ihm die Hand zur Versöhnung. Er nimmt sie gerne an und strahlt wie ein Kätzchen. »Ist doch alles noch gut verlaufen. Du hast dich gefunden und der Dämon hat seinen Meister gesehen. Das Gute siegt immer, meinst du nicht auch, Vincenzo«? Er nickt, demütig und zart, was mir wiederum gefällt. Es ist leichter, derb zu sein, schwieriger, ein feiner Mensch und ein Lebemann. Das Letztere war der Italiener schon zuvor. Aber den phänomenalen Geist, kitzele ich im Augenblick aus ihm heraus.

Ich lege meine Hand auf seine linke Schulter und gratuliere ihm. »Du bist ein toller Mensch, Vincenzo. Nimm deine Fehler leicht und vergebe dir selbst dafür. Das solltest du jetzt tun«. Er umarmt mich und gibt mir einen Kuss auf die Wange. Wenn ich den schon nicht von Charlotte bekomme, dann zumindest von ihm. Obgleich ich nicht so geartet bin.

Italiener sind da hemmungsloser. Sie sind oft dufte Freunde, die zusammenhalten. Vincenzo wird uns in den nächsten Wochen oft begegnen. Dazu ist es gekommen und ich bin nicht unfroh darüber. Er begrüßt mich und meine Mutter an der Türe zu unserer Wohnung. Ich werde ihm von Klaus Peter berichten. Emily, Matthias und Dylan besuchen uns oft. Wir streiten alle nur wenig, nicht zuletzt, weil Papa uns Kinder stets vereint. Kommen unwirsche Worte und Gedanken, gebietet Klaus Peter Einhalt. Er ist immer schlau wie eh und je. Mehr denn das sogar. Und Mama Tina steht ihm da in nichts nach. Sie ist kräftig mit Rede und Handlung, manches Mal zu stur, weshalb ich sie schelte. Im Grunde aber sind wir eine eingeschworene Gemeinschaft. Harry, Sophie und ihre beiden Kinder telefonieren öfter mit uns, nachdem Papa denn das zeitliche gesegnet hat. Und sie kommen drei Mal im Monat vorbei. Ich lobe sie stets dafür, was sie mir glücklicherweise abnehmen. Man liegt ja schon mal falsch und ruft eine unpassende Reaktion hervor. Ein Satz kommt bei verschiedenen Menschen womöglich anders an. Da werde ich aufpassen. Und doch rede ich heraus, was im Herzen steckt und über meine Lippen säuselt. Wenn unsereiner schon ins Fettnäpfchen tritt. Löblich ist hier, dass unsere Familie stets vergibt und sich wieder zusammenrauft. Wäre das nicht unter uns, stünde es arg um diese Gemeinschaft. Klaus Peter ist der Stamm dieser Gruppe, genau wie Mama Tina. Aber Harry mausert sich dazu hin. Wenn ich ihm Worte von Papa weitergebe, dann hört er besser hin denn zuvor. Ich bin sicher, dass er mir meine Realität abnimmt. Sie ist wahr und sie wird es in Zukunft sein. Nicht zuletzt fragt Harry stets bei Emily nach, was die andere Welt so ausmacht. Und unsere Schwester lernt jeden Tag dazu. Einige Wochen später ist sie schwanger, Monate darauf erfahren wir, dass es ein Mädchen wird. Da das Kind gesund zur Welt kommt, sind alle glücklich. Papa gratuliert Emily zuerst. Dann ist es Matthias. Die Tochter ist kräftig und groß. Hat die Geburt vorbildlich überstanden. Die frische Mutter ebenso. Klaus Peter würde es nicht verkraften, wenn etwas Übles geschehen wäre. Wir alle hätten das nicht. Aber es kommt perfekt. Zwei Tage nach der Geburt holt ihr Mann Emily heim. Nachdem Matthias und Dylan sie und das Baby gesehen haben, fahren Mama und ich zu Ihnen, wo wir das Mädchen zum ersten Mal sehen. Ihr Name ist Susie Lee und sie ist herzallerliebst. Ich nehme sie in diesem jungen Alter nicht auf den Arm. Traue mich nicht dazu. Aber so war es bei mir schon immer. Bei Neugeburten lasse ich lieber die Finger davon. Würde etwas Arges geschehen, dann würde ich mir das niemals verzeihen.

Einige Wochen später nehme ich sie hoch und lege sie mir in den Arm. Sie ist zuckersüß, bald verändert sich ihr Aussehen ein wenig. Sie wird eine bezaubernde, sanfte Dame. Und ihr Bruder, Dylan, liebt sie über alles. Obwohl er seine Mama mit ihr teilt. Emily gibt beiden die gleiche Liebe. Und Matthias kommt mit dem Mädchen wie mit dem Sohn prima zurecht.

Klaus Peter ist jeden Tag bei ihnen und bei uns. Richtet sich die Zeit unter uns ein. Am Abend ist er bei Harry und seiner Familie und singt Torben in den Schlaf, der Opas Stimme vernimmt. Er schläft immer nach wenigen Minuten ein und Opa hält ihm dabei die Hand. Mein Bruder und seine Sophie sehen und hören das nicht. Da dann aber Torben etwas mehr spricht, erzählt er ihnen einiges von seinem Opa. Und er berichtet immer, über Klaus Peters Liebe und wie arg er Opa gernhat. Die Lage bei Harry und Sophie entspannt sich dadurch mehr. Sie begreifen Opa jetzt nicht nur phantasievoll. Sie wissen, dass Klaus Peter unter uns ist. Das lobe ich.

Anderthalb Jahre später. Mama Tina und ich haben Harry, Sophie, Mary und Torben zu Gast. Sie sind zum Mittag da. Die Kleinen üben an den Spielsachen, welche wir von unserer Kindheit dahaben. Es klingelt an der Tür. Es sind

Emily und Matthias mit Dylan und Susie Lee. Schwester meint, ihre Tochter habe folgende Worte gesprochen, und dabei käme etwas Phänomenales heraus. »Mein Liebes. Sag nochmal«, fordert ihre Mutter sie. Die Kleine schaut zur Decke, richtet ihren Finger darauf und sagt: »Da. Opa Klaus Peter. Nicht tot. Hier mit uns«. Emily strahlt über die Kraft ihres Schatzes. »Hast du gut gemacht«, lobt sie sie.

Die anderen Kinder sehen Opa schon nicht. Diese Zeit ist vergangen. Und so sind es nur Susie Lee, Emily und ich, die diese Gabe haben. Matthias gesteht, er glaube mehr denn je an die parallele Welt, Harry nickt ihm und uns zu und meint: »Genau so sehe ich es auch«. Sophie grinst und sagt: »Wenn das eben nicht gewesen wäre, hätte ich es nicht geglaubt. Aber so schon«. Emily: »Ja. Kleine Kinder haben Fühler dafür. Was sagst du, Max«? Ich gestehe: »Ja. Kleine Kinder, und Große wie wir«.

IN DER KOLLEKTION 2023

Als ich in den Wald verschwand

Spiel der Geister

Das Opfer